テメレア戦記 1

気高き王家の翼

ナオミ・ノヴィク　那波かおり＝訳

下

社

テメレア戦記1　気高き王家の翼　下　目次

テメレア

中国産の稀少種とみられる漆黒の大型ドラゴン。中国皇帝からナポレオンに贈られた卵がイギリス海軍のフリゲート艦に奪取され、艦上で卵から孵った。艦長であったローレンスを担い手として選び、英国航空隊ドラゴン戦隊の所属に。本が好きで、好奇心と食欲が旺盛。抜群の戦闘力を持ち、ローレンスとは強い絆で結ばれている。

ウィリアム(ウィル)・ローレンス

テメレアを担うキャプテン。英国海軍の軍人としてナポレオン戦争を戦ってきたが、艦長を務めるリライアント号がフランス艦を拿捕し、持ち前の責任感ゆえに否応なく、稀少種の竜テメレアの担い手となる。規律を重んじる、生真面目な性格。艦長から航空隊飛行士への転身にとまどいつつも、新たな任務とテメレアとの交流に心を震わせている。

航空隊の人々

ジョン・グランビー……ローレンスに反発する空尉
イージキエル・マーティン……空尉候補生。テメレアの搭乗クルー
ホリン……テメレアの地上クルー
エミリー・ローランド……テメレア・チームの見習い生
バークリー……マクシムスを担うキャプテン。ローレンスの訓練同期生
キャサリン・ハーコート……リリーを担う若き女性キャプテン
ジェーン・ローランド……エクシディウムを担う豪放な女性キャプテン
ジェレミー・ランキン……名家出身で、ロッホ・ラガン基地所属の伝令使
ジャン＝ポール・ショワズール……フランスから亡命してきた飛行士
ジェームズ……逓信《ていしん》使。ヴォラティルスを担うキャプテン
レントン空将……ロッホ・ラガン基地の総司令官

ドラゴンたち

ケレリタス……ロッホ・ラガン基地のトレーニング・マスターで長老的存在
マクシムス……テメレアとともに訓練を受ける大型ドラゴン。リーガル・コッパー種
リリー……テメレアの戦隊で攻撃の中心、毒噴きのロングウィング種
レヴィタス……孤独な伝令竜、ウィンチェスター種
ヴォラティルス（ヴォリー）……卓越した速力を持つ逓信竜
プレクルソリス……ショワズールとともに亡命してきたシャンソン・ド・ゲール種

その他の人々

トム・ライリー……リライアント号の海尉。ローレンスの腹心の部下であり友
イーディス・ガルマン……ローレンスと結婚の約束をしていた女性
アレンデール卿……ローレンスの父
レディ・アレンデール……ローレンスの母
エドワード・ハウ卿……ドラゴン学者、ロンドン王立協会会員

第二部

7　負傷した竜の救援

翌朝、ローレンスは早くから目覚め、ひとりで朝食をとった。そのあと、訓練までに少し時間があいた。前夜は、テメレアの新しいハーネスを慎重に点検した。ひとつひとつ細かな縫い目を確かめ、鉄製リングを調べた。テメレアも、新しいハーネスはとても快適だと、地上クルーがよく気を遣《つか》ってくれたと言った。そこで、ホリンたちに感謝を伝えようと、頭のなかでひとつの計画をめぐらせながら工房に向かった。

ホリンはすでに作業場で仕事しており、ローレンスに気づくと、すぐに飛び出してきた。「おはようございます。ハーネスになにか不具合がありましたか?」

「いや。そうではなくて、礼を言いにきた。きみとチームの尽力に心から感謝する」ローレンスは言った。「すばらしい出来ばえだ。テメレアもとても喜んでいる。ありがとう。仲間にもそう伝えてくれ。きみたちの努力に感謝し、ひとりにつき半クラウン銀貨をわたしから給金に上乗せしよう」

「それはご親切に」と、ホリンは言った。喜んではいるが、驚いてはいなかった。この反応にローレンスは満足した。ラム酒などを褒美《ほうび》として配っても、ふもとの村に行けば酒をたやすく手に入れられる彼らには、それほど喜ばれないはずだ。それに陸軍と航空隊は、海軍より給料が高い。そこでどれくらい褒美を与えるのか、ローレンスは悩んだ。彼らの尽力に報いたいのだが、高額の金をばらまいて部下の忠誠心を買おうとしているとは思われたくなかった。

「きみには個人的に感謝しているよ」ローレンスは打ち解けた調子になって言った。「レヴィタスのハーネスの状態がとてもよくなった。彼も心地よさそうだ。きみのおかげだな。自分の仕事ではないのに、あそこまでよくやってくれた」

「そんなそんな。なんでもありませんよ」ホリンはにっこりした。「あのちっこい竜が喜ぶと、ぼくもうれしいんです。これからもちょくちょく面倒を見てやることにします。……彼、ちょっと寂しそうですからね」

ローレンスは、ほかの飛行士に対する批判を乗組員たちに洩《も》らしてはいけないと自分を戒《いさ》め、軽く受け流した。「きみに目をかけてもらって、レヴィタスは心から感謝している。わたしもとてもうれしい」

これが、レヴィタスのために時間を割《さ》いてやれる最後になった。あらゆる課題がローレンスに重くのしかかっていた。トレーニング・マスターのケレリタスは、テメレアの飛行能力を調べ尽くし、同時に新しいハーネスも完成した。訓練はいっそう苛《か》烈《れつ》になった。その初日は、夜食のあとよろめくようにベッドに入り、翌朝は、朝日が差しこんで、使用人が起こしにくるまで起きられなかった。そんな日がつづいた。食堂で夕食をとっても、会話に参加する気力はなかった。自由時間はテメレアのそばでうたた寝をするか、風呂に身を浸して疲れをとった。

ケレリタスは情け知らず、疲れ知らずだった。旋回飛行や方向転換、急襲のための急降下など、さまざまなパターンの繰り返しを際限なく要求した。爆弾投下のための高速の短い移動も練習した。そのときは腹側乗組員《ベルマン》が、テメレアの動きに合わせて模擬爆弾を谷底の目標めがけてつぎつぎに投下した。また、射撃練習をつづけるうちに、テメレアは耳の後ろで八挺《ちょう》のライフルが炸裂《さくれつ》しても、まばたきひとつしないで飛びつづける落ちつきを身につけた。乗組員が体をよじのぼろうが、ハーネスがよじれようが、まったく動じなかった。一日の訓練の最後に、持久力の鍛錬《たんれん》が追加され、テメレアはひたすら旋回をつづけて、やがて最高速での滞空時間が訓練当初の二倍に伸びた。

テメレアがテラスで四肢を伸ばして喘《あえ》ぎながら呼吸を整えているときも、ケレリタスは、ローレンスに竜の背や断崖から垂直にさがるリングに足をかけて移動する練習を命じた。ほかの飛行士が幼いころから習得してきた技術を、ローレンスにも早く身につけさせるためだった。それは、強風のなかで軍艦の鐘楼《しょうろう》あたりを移動するのと似ていなくもなかった。それも、時速三十マイルで横に傾きながら、あるいは上下に激しく揺れながら航行する艦の鐘楼あたりを、だ。最初の週は何度も手が滑った。もし搭乗ベルトの二個のカラビナが命綱の役割を果たしていなかったら、真っ逆さまに墜落し、十数回は死んでいたことになる。

一日の訓練を終えると、テメレアとローレンスは、古参のキャプテン、ジュールソンのもとで航空隊の信号を覚える猛特訓を受けた。旗と照明弾を使って全体に指示を出すやり方は海軍とさほど変わらず、基本事項に関してならローレンスは苦労しなかった。しかし航空隊では、ドラゴンどうしの連携を空中で迅速にはかる必要があり、文字や単語を一種類の旗に置き換えてメッセージを伝える通常の伝達法は時間がかかりすぎて使えない場合が多い。そこで通信の高速化をはかるために必然的に用いる旗の種類と数が増えて、ときには同時に六枚もの旗を使うこともあった。テメレアとローレンスはそのすべてを頭に叩きこむよう要求された。キャプテンは信号の判読を信号手にまかせきるわけではない。信号を認識して反応する過程で一瞬遅れることが命取りになりかねないため、キャプテンもドラゴンも信号を判読する能力を完璧に身につけている必要があった。信号担当はそれを補完する存在であり、彼らの仕事の本分は信号を判読することより、むしろキャプテンのために信号を発し、送られてくる信号にキャプテンの注意を喚起《かんき》することにあった。

テメレアは目覚ましい進歩を見せ、ローレンスを焦《あせ》らせた。教えているジュールソンも舌を巻いて言った。「テメレアは、ドラゴンとして信号を覚える月齢は過ぎている。たいがいは孵化《ふか》した日から、旗の種類を教えはじめるもんだ。それを明かしたら、きみががっかりするだろうと思って黙っていたがね。実は面倒なことになるんじゃないかと危ぶんでいたんだ。ふつうは生後一か月半ですべての信号を覚えきれないと、かわいそうだが、結局、すべての信号を覚えきれたためしがないんだ。だがテメレアはその月齢を過ぎているのに、まるで卵から出てきたばかりのように知識を吸収する」

テメレアの記憶力にはなんの問題もなかったが、信号を記憶し反復することは、肉体の基礎鍛錬と同じように単調で退屈だった。一日の休みもなく五週間の過酷《かこく》な訓練がつづいた。そのあいだに、マクシムスとバークリーもめきめきと腕をあげた。戦隊に加わるには複雑な飛行技術の習得を求められたが、テメレアとマクシムスは目覚ましい進歩を遂げた。五週目あたりで、マクシムスはほぼ成竜の大きさになった。テメレアはマクシムスよりもほっそりして、大人ひとり分ほど背が低かった。いまは、背が伸びるより、肉がつき、翼が大きく育つ時期であるようだ。

テメレアは、成長とともに均整のとれた美しい体つきになった。長くて優美な尾、開いたときに体とみごとに釣り合いのとれた繊細な翼。体色の黒はさらに深みを増した。やわらかな鼻づらを除いて、体表が堅さとつやを増し、翼端に散る青と薄灰色の斑紋《はんもん》にはオパールのような光沢があらわれた。身贔屓《みびいき》なのかもしれないが、ローレンスには、たとえ胸の堂々たる真珠飾りがなくても、テメレアがこのロッホ・ラガン基地のなかでいちばん見栄えがよく、美しいドラゴンであると思われた。

つねに訓練に追われていることと急速な体の成長が、テメレアの鬱《ふさ》ぎを、一時的に追い払っていた。テメレアは、基地のなかで、マクシムスのつぎに大きなドラゴンになった。リリーと比べても、翼幅はリリーのほうが長いが、体長ではテメレアのほうが勝っている。自分から強く出ていくわけでも、食事の優先権を与えられたわけでもなかったが、ローレンスが観察するかぎり、食事時間にはおおかたのドラゴンがごく自然にテメレアに場所を譲っていた。テメレアから仲間の竜に近づいていくことはなかったが、過酷な訓練がつづくと、そんな気にもならないようだった。それはローレンスも同じで、ほかの飛行士とほとんど交わらなくなった。

寝食のとき以外はテメレアと過ごした。正直なところ、ほかの誰かと交わる必要性を感じなかった。多忙を理由にランキンから距離をとれることもありがたかった。どんな誘いも慎み深く断り、少なくともこれ以上彼との親交を深めないようにした。一方、テメレアともども、マクシムスとバークリーとは親しくなった。そんなわけで完全に仲間から遠ざかっていたわけでもないのだが、テメレアはあいかわらず、正面広場でほかのドラゴンと眠るより、城壁の外で眠るほうを好んだ。

テメレアのクルーが少しずつ決まりはじめていた。ホリンが地上クルーの長となり、武具師としてプラットが、革具師としてベルが参加することになった。また、爆撃手としてキャロウェイが決まった。通常はこれで充分なのだが、テメレアはまだ成長段階にあったので、職人の親方たちはしぶしぶながら、今後に備えて助手を付けることを承諾した。それぞれの部門に最初は一名、のちに二名の助手が付くことになり、最終的に、クルーの数は、マクシムスと比べて数名少ない程度になった。ハーネス匠のフェローズは、無口だが頼れる親方で、仕事の年季《ねんき》にものを言わせて、航空隊司令部からテメレアのハーネス着脱のために八名の人員を引き出した。ローレンスが可能なかぎりテメレアからハーネスをはずすように要求したからなのだが、これによって気がねなく着脱回数を増やせるようになった。

こういった職人や下士官を除けば、あとのチームの構成員は、有閑階級《ジェントルマン》出身の士官たちだった。もっとも職人も下士官も、准士官かその助手と同等の待遇を受けた。ひとりの熟練の船乗りに十人の見習い水兵が付く海軍のやり方に慣れたローレンスには、奇妙な感じがした。航空隊には、軍艦の掌帆長《しょうはんちょう》が課すような締めつけや懲罰は存在しない。見習いが殴られたり脅されたりすることもない。航空隊におけるもっとも厳しい制裁は、現場からはずされることなのだ。海軍の欠点を認めることになるのは情けないが、正直なところ、ローレンスには、この航空隊のやり方のほうが性に合っていた。

想像していたとおり――海軍時代の経験に比べればだが――チームの士官たちの力

量に問題はなかった。射撃手の半分は銃の構え方を覚えたばかりの新米空尉候補生だったが、意欲に燃え、上達も早かった。コリンズは、熱情家で、視力に優れていた。ドネルとダンは射撃の腕はまだまだだが、弾込《たまこ》めは迅速だった。ただし、彼らをまとめるリグズ空尉はいささか難ありで、せっかちで激しやすく、部下の小さな失敗に声を荒らげた。リグズ自身は射撃の名手で仕事をきっちりこなしたが、ローレンスとしては、部下を率いるなら、もっと肝《きも》のすわった人物がいいと心ひそかに思っていた。だが、そこまで主張する権利はない。古株のリグズは今回の地位を得るだけの戦功をあげてきたのだろう。それにいくら欠点があるとはいえ、海軍時代にローレンスが仕えた何人かの上官よりは明らかにましだった。

つねに竜に乗りこむ搭乗クルー、装具類一式を管理する背側乗組員《トップマン》と腹側乗組員《ベルマン》、および上級士官、見張り担当はまだ決まっていなかった。ロッホ・ラガン基地のまだどのチームにも属さない空尉候補生のほとんどが、正式な登用を前に、テメレアに乗りこむチャンスを与えられた。ケレリタスの説明によれば、竜の扱いが種によってかなり異なるために、若い飛行士たちに可能なかぎり多くの種の竜の扱いを経験させるということだった。イージキエル・マーティンがよい仕事ぶりを見せた。ローレンスは、この若い空尉候補生を、なんとか自分のチームに引き入れたいと考えた。一方、チームの一員になることをみずから志願してきた将来有望な空尉候補生たちも何人かいた。

ローレンスがもっとも頭を悩ましたのは、副キャプテンを誰にするかという問題だった。最初にあがった三人の副キャプテン候補は、可もなく不可もなくで、決め手に欠けていた。つい厳しい目で見てしまうのは、自分のためというより、むしろテメレアのためだった。あのグランビー空尉も、一度、テメレアに乗りこんできた。彼は任務を完璧に果たしたが、ローレンスに向かってつねに〝お偉い方《サー》〟と呼びかけて、嫌味なまでに服従的な態度をとった。これには、周囲の者まで居心地の悪い気分になった。ローレンスは海軍時代の部下にして腹心《ふくしん》の友であった、トム・ライリーをなつかしく思い出さずにはいられなかった。

副キャプテンが決まらない件を除けば、だいたいは満足だった。ただ、単調な飛行訓練を早く終えたいという気持ちがつのっていた。そしてついにケレリタスが、テメレアとマクシムスをドラゴン戦隊に組み入れるつもりなので、心の準備をしておくように告げた。飛行訓練の最後の課題は、背面飛行で飛びつづけることだった。快晴のある朝、マクシムスと練習に励《はげ》んでいるとき、テメレアが言った。「空にヴォリーがいる。こっちに向かってくるよ」ローレンスも空を見あげ、高速で近づいてくる灰色の小さな点のようなドラゴンを発見した。

ヴォリーは、訓練中は渓谷《けいこく》に入ってはならないという基地の規律を無視して、直接、北の広場に舞いおりた。キャプテン・ジェームズが竜から飛びおりて、ケレリタスに話しかける。テメレアが突然身を返したものだから、乗組員のほぼ全員がバランスを崩してひっくり返った。が、この飛行法に慣れていたローレンスだけは、なんとか同じ姿勢で持ちこたえた。テメレアは宙でホバリングしながら、テメレアが隣にいないのに気づき、広場のようすを観察した。マクシムスは少し先まで飛んだが、テメレアが隣にいないのに気づき、バークリーが大声で制止するのも聞かずに、引き返してきた。

「あれは、なんだと思う?」マクシムスが低い声で尋ねた。ホバリングのできないマクシムスは、小さな円を描きつづけている。

「この出しゃばりめ。おまえに関係のあることなら、いずれ向こうから知らせてくるだろう」バークリーが言った。「さあ、訓練に戻ろう」

「ヴォリーだったら、教えてくれるんじゃないかな」テメレアが言った。「この練習はもういいよ。だって、ぼくたちは、ちゃんとできてるんだから」引きさがらないテメレアに驚いたローレンスは顔をしかめ、竜の首に身を寄せて、たしなめようとした。が、そうする前に、ケレリタスが険しい顔で、二頭に戻ってくるよう呼びかけた。

テメレアとマクシムスが広場に着地すると、ケレリタスはすぐに切り出した。「北海で空中戦が勃発《ぼっぱつ》した。アバディーン沖だ。味方の救援要請信号を受けて、エジンバラ基地から数頭のドラゴンが飛び立った。彼らの働きで、フランス軍の襲撃は跳ね返したものの、ヴィクトリアトゥスが負傷し、飛行が困難な状態に陥った。きみたちの大きさがあれば、ヴィクトリアトゥスを支えて、連れ帰ってこられる。ヴォラティルスとキャプテン・ジェームズが案内してくれる。行け、いますぐに」

ヴォリーがテメレアとマクシムスを先導し、猛スピードで飛んだ。つねに視界に入るぎりぎりの前方を飛ぶので、少しでもスピードをゆるめると見失ってしまいそうだった。マクシムスはテメレアについていくのもやっとで、ローレンスとバークリーは、手旗信号とメガホンを使って、まずテメレアが先に行き、照明弾を放って、マクシムスにルートを知らせることを取り決めた。

その後、テメレアはいっそうスピードを上げた。ローレンスは少し速すぎるような気がした。今回の移動距離はそう長くない。アバディーンまではおよそ百二十マイルの距離だ。それに、味方のドラゴンたちはこちらに近づいているので、双方からの距離が縮まっている。が、短い距離とはいえ、行きと同じ距離をヴィクトリアトゥスを連れて引き返さなければならない。海ではなく陸の上を飛んだとしても、傷ついたドラゴンを支えている状態では着陸して休むこともままならないだろう。いったん、地上におりてしまったら、二度とヴィクトリアトゥスを持ちあげられなくなるかもしれない。それを避けるためにも、速度を落として、体力を温存しておく必要があった。

ローレンスは、テメレアのハーネスに取り付けられたクロノメーター〔経度測定に用いる精密時計〕を見おろし、分針の動きを見守りながら羽ばたきの回数を数えた。飛行速度は二十五ノット。あまりに速すぎる。「スピードを抑えるんだ、テメレア」ローレンスは叫んだ。「大仕事が待っているんだからな」

「ぜんぜん、疲れてないよ」テメレアはそう返しつつも、速度を落とした。ローレンスは十五ノットまで落ちたと見積もった。これくらいがいい。この速度ならテメレアはほぼ継続的に飛んでいられるはずだった。

「ミスタ・グランビーを呼んでくれ」ローレンスが命令すると、グランビー空尉が搭乗ベルトのカラビナをすばやく移し替えながら、テメレアの首の付け根に座したローレンスのところまでよじのぼってきた。「負傷したドラゴンが維持できる最高速度はどれくらいだろう？」ローレンスは尋ねた。

このときのグランビーは、いつもの慇懃《いんぎん》無礼《ぶれい》な態度をとらず、物思わしげな表情を見せた。傷ついたドラゴンがいると聞くと、飛行士たちは誰もが胸を痛ませる。「ヴィクトリアトゥスはパルナシアン種です。大きさは中型。リーパー種よりも大きいですね。エジンバラ基地に大型の戦闘ドラゴンはいませんから、おそらくいま、ヴィクトリアトゥスを支えているのも中型ドラゴンでしょう。時速十二マイル以上は出せませんん」

ローレンスは頭のなかでノットとマイルを換算し、うなずいた。テメレアは二倍近いスピードで飛んでいることになる。ヴォリーの速度を計算に入れれば、もうひとつの部隊と出会うのは三時間後だろう。「けっこう、まだ時間がある。それを利用して、背側《トップ》乗組員と腹側《ベル》乗組員《マン》が入れ替わる練習をしよう。射撃も少しやっておこうか」

ローレンスは心が鎮《しず》まり、落ちついてきた。しかし、テメレアは気がはやっており、興奮で首筋をかすかに痙攣《けいれん》させている。テメレアにとっては、今回が航空隊の作戦行動への初参加だ。ローレンスはテメレアの首の痙攣をなだめるように撫でた。それから、カラビナの位置を移し替え、後ろ向きになって、命令が整然と実行されているか確認した。トップマンが背部からおりて腹部の装備へと移り、同時にベルマンが反対側の脇腹をのぼる。おりる者とのぼる者がバランスを保ちながら、この動作を順次繰り返した。背部にのぼりきった者は、カラビナで竜ハーネスに体を固定し、竜の腹を一周する白と黒とが交互に連なる信号ストラップをぐいっと引きあげる。こうして、自分の前にある色を交換する。一瞬のち、また色が換《か》わる。それは下におりた者が自分の体を固定したことを知らせる合図だ。うまくいっている。テメレアには目下、トップマンとベルマンが三人ずついるのだが、上下の入れ替わりに五分とかからなかった。

「ミスタ・アレン！」ローレンスは、見張り担当のひとりの少年に叫んだ。アレンはまもなく士官見習いになろうという年長の見習い生だが、自分の役割をすっかり忘れて、作業する者たちに見入っていた。「北北西になにがある？　だめだ、よそ見するな。訊かれたらすぐに答えられるようにしておくんだ。でないと、きみの教官に報告することになるぞ。さあ、任務に集中しろ」

射撃手たちが所定の位置についた。ローレンスはグランビーにうなずき、命令を促した。トップマンが、標的となる陶器製の平皿を投げはじめ、宙を飛んでいく皿を、射撃手たちが交替で狙った。ローレンスはそのようすを観察し、顔をしかめた。「ミスタ・グランビー、ミスタ・リグズ、皿二十枚のうち的中したのは十二枚――そんなところと見たが、どうかな。これでは射撃に長《た》けたフランス軍に太刀《たち》打ちできないぞ。もう一度やろう。ゆっくりと。正確さが第一、つぎがスピードだ。ミスタ・コリンズ、焦らないように」

たっぷり一時間かけて射撃練習を行い、つぎは下士官や空兵たちに、嵐のなかを飛行する場合のハーネスの複雑な調整を復習させた。そのあとローレンスみずから下におり、そこにいる者たちが好天用の装備に切り替えるのを見守った。テントは取り付けていなかったので、そこに入ってすべての装備を解く練習をすることはできなかったが、装備の切り替えに問題はなく、新たな機材が追加されても、うまくやっていけるはずだった。

テメレアはときどき首をめぐらし、眼を輝かせて、乗組員の練習を観察した。だが、その短い時間以外は飛ぶことに集中し、上昇と下降を繰り返し、もっとも効率よく飛行できる気流をとらえた。羽ばたきは力強く、安定しており、羽ばたきひとつが大きな推進力を持っていた。ローレンスは、テメレアの首に手のひらを押し当てた。鋼《はがね》の筋肉がオイルを注されたかのようになめらかに動いているのがわかる。声をかけるのがためらわれた。いや、いまは会話する必要もない。言葉を交わさなくても、テメレアとともに満足感を共有できた。そう、これまでの訓練の成果を試すときがついに来た。いまになってようやく、自分が現役軍人から新米に降格されたような欲求不満をかかえていたことに気づく。だが、これからは本領を存分に発揮できる。

クロノメーターを見ると、出発からほぼ三時間が経過していた。そろそろ、傷ついたドラゴンを救援する準備をはじめたほうがいい。マクシムスは、テメレアよりも三十分ほど遅れているだろう。マクシムスが到着するまでは、テメレアだけでヴィクトリアトゥスを支えなければならない。ローレンスはキャプテンの定位置である竜の首の付け根に戻り、ふたたび「ミスタ・グランビー!」と呼びかけた。「竜の背から人を引きあげさせてくれ。信号手一名、前方の見張り二名を残し、すべての乗組員を腹側へ」

「了解」グランビーがうなずき、差配をはじめた。グランビーの仕事ぶりを見つめるローレンスの心には、満足感と苛立ちが交錯した。グランビーははじめてローレンスに対する遺恨《いこん》を捨てて、任務と向き合っていた。それがチーム全体におよぼす効果にはすばらしいものがあった。ほとんどの作業において時間が短縮され、ハーネスの微細な瑕疵《かし》や乗組員の配置の不備など、航空隊経験の浅いローレンスには気づけなかった幾多の欠点が改善された。また、ピリピリした雰囲気が乗組員全体から消えた。それは戦列艦の優秀な副長が乗組員の仕事の質を高めていくときのやり方だった。グランビーは優秀な軍人だ。それだけに、彼の以前のあの言動はなんだったのかと残念になった。

先を飛んでいたヴォリーが引き返してきたのは、テメレアの背から人が引きあげた直後だった。ジェームズが背筋を伸ばし、両手をメガホン代わりに叫んだ。「味方を発見した。北より西へ二ポイント、下方十二度。下に回りこんで持ちあげろ。ヴィクトリアトゥスはもはや上昇する力がない」数字は手振りを交えて伝えられた。

「了解！」ローレンスは、ほんもののメガホンを口にあてがい、叫び返した。同じ内容を信号手が手旗でも伝えた。テメレアが成長したために、ヴォリーはもはや会話で確実に意志の疎通《そつう》ができる距離まで近づけなくなったのだ。

ローレンスの指示によって、テメレアが下降しはじめた。ほどなく地平線上に浮かぶ小さな点が見えた。小さな点はたちまち大きさを増して、一頭のドラゴンになった。ヴィクトリアトゥスはすぐに特定できた。イエロー・リーパーよりも一・五倍は体が大きく、そのリーパー二頭によって、下から支えられている。深手には乗組員によってすでに厚い繃帯《ほうたい》が当てられており、敵のドラゴンのかぎ爪がつけたにちがいない無数の切り傷に血がにじんでいた。パルナシアン種のきわだって大きなかぎ爪にも、顎《あご》にも、血がこびりついていた。下から支える二頭のイエロー・リーパーには、ぎっしりと人が乗りこんでいた。一方、負傷したヴィクトリアトゥスの背には、キャプテンを含む数人しかいない。

「二頭の支援ドラゴンに信号を送ってくれ――わきによける準備をするように」ローレンスは命じた。年若い信号手が色鮮やかな手旗を立てつづけに振ると、了解したとの信号がただちに返ってきた。テメレアはすでに三頭のまわりを飛んで、自分の入るべき位置を見定めていた。いまはヴィクトリアトゥスの真下、二頭目のイエロー・リーパーの後ろにいる。

「テメレア、用意はいいか？」ローレンスは叫んだ。負傷したドラゴンを支える飛び方は訓練ですでに学んでいた。しかし、この状況はかなり厳しい。ヴィクトリアトゥスは痛みと疲労とで羽ばたく力が弱まり、眼を半分閉じかけている。支援している二頭のイエロー・リーパーも見るからに疲弊している。この二頭がすみやかに場所をあけ、そこにテメレアが間髪容《かんぱつい》れずに飛びこまなければならない。でないと、ヴィクトリアトゥスの体が傾き、死への急降下がはじまるだろう。そうなってしまったら、もはや落下を食い止める手だてはない。

「いいよ、急ごう。すごく疲れてるみたいだ」テメレアがローレンスをさっと振り返って言った。竜の筋肉が緊張で引き締まった。四頭のドラゴンのスピードがそろっているいまがチャンスだ。

「信号──先頭のリーパーの合図で後ろと交替」ローレンスは命令した。旗が振られ、了解の返信が来た。先頭のイエロー・リーパーの前部両脇から突き出されていた赤い旗が、緑に換わった。

後ろのリーパーがぐっと降下してヴィクトリアトゥスから離れ、そこにテメレアが突っこんだ。が、先頭のリーパーがわずかに力を失い、翼の動きが乱れた。リーパーの高度がさがり、前部に空隙《くうげき》が生まれ、ヴィクトリアトゥスの体が前に傾いた。「急降下、急降下だっ！」ローレンスは声をかぎりに前のリーパーに叫んだ。リーパーの尾が、テメレアの頭の前で鞭《むち》のようにしなった。この位置関係では、二頭で支えようにも無理がある。

リーパーが教科書どおりのやり方をあきらめ、翼をたたんで、石が落下するような急降下をはじめた。「テメレア、ヴィクトリアトゥスの体をもうちょっと起こせ。もっと前へ行って、体を支えろ」ローレンスはふたたび叫び、竜の首にしがみついた。ヴィクトリアトゥスの後ろ半身が、テメレアの背の後部ではなく、首に近い背部にのしかかっていた。傷ついたドラゴンは衰えゆく力を振り絞り必死に羽ばたいているが、その巨大な腹がローレンスの頭上わずか三フィートに迫り、いまにものしかかってきそうだ。

テメレアは了解のしるしにうなずくと、激しく羽ばたいて、力尽きそうになるヴィクトリアトゥスを力いっぱい上に押しあげたのち、さっと翼をたたんだ。瞬時の吐き気を催《もよお》すような落下があり、すばやく翼が開かれた。つぎの瞬間には、テメレアはバランスのもっともよい位置からヴィクトリアトゥスを支えていた。ヴィクトリアトゥスの重みがふたたびテメレアにのしかかってくる。

ローレンスが安堵するのも束《つか》の間、テメレアが悲痛な叫びをあげた。ローレンスは竜の背を振り返り、その光景に戦慄《せんりつ》した。錯乱《さくらん》したヴィクトリアトゥスが、巨大なかぎ爪でテメレアの肩や背を掻きむしっていた。頭上からキャプテンとおぼしき男の声がとどろき、ヴィクトリアトゥスが動きを止めた。しかし時すでに遅く、テメレアは出血し、ハーネスの幾本かの革ひもがちぎれ、風にばたばたとなびいていた。

急速に高度がさがりつつあった。テメレアは、ヴィクトリアトゥスの重みに耐えながら必死に羽ばたき、上昇を試みた。ローレンスは、この事態を下にいる乗組員たちに伝えるよう士官見習いの信号手に叫んだ。信号手が竜の首ストラップの途中まで這《は》いおりて、白と赤の旗を激しく振った。すぐにグランビーが、ふたりの空尉候補生とともに腹部から這いのぼってきて、テメレアの傷の応急処置にとりかかった。ローレンスは、冷静になれと自分を叱咤《しった》しつつ、テメレアを安心させようと首をさすり、声をかけつづけた。しかし、テメレアには振り返ってそれに応える余裕もない。ともすれば水平を保てなくなる首をどうにか支え、ひたすら羽ばたきつづけるしかないようだった。

「傷は深くありません！」グランビーが手当てをしている場所から叫んだ。ローレンスはようやく息をつき、思考力が働きはじめた。テメレアの背のハーネスに異変が生じていた。細部をつなぐ革ひもはおろか、肩ストラップの革帯まで、ちぎれそうになっている。革帯はそこに通されたワイヤーでかろうじてつなぎとめられているが、もしも革帯が完全に切れてしまったら、もはやワイヤーだけでは、腹部の人間や武器や装具の重みを支えきれないだろう。

「みんな、搭乗ベルトをはずして、わたしに渡してくれ」ローレンスは信号手と二名の見張りに呼びかけた。そばにはこの三人しかいなかった。「竜の主ハーネスにしがみつけ。腕と脚を革帯の下にねじこむんだ」搭乗ベルトに使われている革は厚みがあり、縫い目も頑丈で、よく手入れされて柔軟性がある。しかもカラビナは鋼鉄製だ。竜ハーネスほどではないが、それに近い強度がある。

三人分の搭乗ベルトを片腕にかかえ、ローレンスは背部ストラップに沿って這い進んだ。竜の肩に近い比較的広い背の部分に出ると、グランビーとふたりの空尉候補生がテメレアの脇腹後方で傷の手当てをつづけているのが見えた。グランビーたちは、ローレンスが腕にかかえた搭乗ベルトを見あげ、不思議そうな顔をした。竜の肩ストラップの異変にまだ気づいていないのだろう。　問題の箇所は、彼らからは竜の前足に隠れて見えない位置にある。ワイヤーはいまにも切れそうで、グランビーたちを救援に前方まで呼びよせている余裕はなかった。

問題の箇所までたどり着くのに、通常のやり方は通用しなかった。リングの一個にでも体重をかけたが最後、肩ストラップはローレンスの重みに耐えきれず、ぷっつりと切れてしまうにちがいない。風にあおられながら、手早く二名分の搭乗ベルトのカラビナどうしを連結させ、ひとつづきにした。つぎに、それを背部ストラップの下に通して、ループをつくり固定する。「テメレア、できるかぎり水平を保ってくれ」声を振り絞り、背部ストラップから垂れる搭乗ベルトの端を握り、竜の肩先に向かって這い進んでいく。この連結した搭乗ベルトだけがいまや命綱であり、すべては握力を保てるかどうかにかかっていた。

グランビーがなにか叫んでいたが、風の音に掻き消されて、聞こえなかった。ローレンスは肩ストラップだけに視線を注ごうとしたが、ちらりと見た地上はあまりに美しかった。初春のみずみずしい緑が広がり、奇妙にのどかで、羊の一頭一頭が白い点として見えるほど地上との距離が近かった。ようやく、肩ストラップの問題の箇所に手が届くところまで来たが、手が小刻みに震えていた。連結せずに残しておいた搭乗ベルトの、二個のカラビナのうちの一個を、革帯の切れそうな箇所のすぐ上のリングに留め付けた。そしてもう一個のカラビナを、すぐ下のリングに留め付け、カラビナに付いた革ひもを引っ張った。少しずつ体重をかけて革ひもを引きしぼる。腕に痛みが走り、熱病患者のように震えても、けっして力をゆるめなかった。とうとう、搭乗ベルトが革帯のちぎれた部分を補う長さに調節された。これでもう革帯もワイヤーもちぎれる心配はないだろう。

グランビーがローレンスのほうにゆっくりと這いのぼってきた。彼がリングに足をかけるたびに革がぎしぎし鳴った。しかし補強したいまは、彼ひとりの重さがかかっても危険はない。ローレンスはグランビーに叫んだ。「ミスタ・フェローズを呼んでくれ！」フェローズはハーネス専門の職人、ハーネス匠だ。ローレンスは補強したばかりの箇所を指さした。竜の前足を越えてきたグランビーが、補強された肩ストラップに目を瞠《みは》った。

グランビーが下に向かって、応援を求める信号を送った。そのとき、突然雲間から太陽が顔をのぞかせた。ヴィクトリアトゥスがまぶしさに体を震わせ、翼を痙攣させた。と同時に、このパルナシアン種の胸部の重みがずっしりとテメレアの背部後方にのしかかった。テメレアがふらつき、傾いた。その拍子に、ローレンスの手が握っていた命綱から滑りはじめた。連結された搭乗ベルトに沿って、ずるずると落ちていく。手が湿っていて思うようにつかめない。視界のなかで緑の野が回転した。両手は疲れきり、汗でぬるつき、握力はいまにも尽きそうだ。

「ローレンス、しっかり!」テメレアが首をめぐらして叫んだ。ローレンスには竜の筋肉と翼の関節の動きから、自分が宙に放り出されたときに備えて、テメレアが急降下でつかみとろうと構えているのがわかった。

「だめだ! 落としてしまうぞ!」ローレンスは恐怖に駆られて叫んだ。テメレアがローレンスを助けようとすれば、ヴィクトリアトゥスを背から落とし、死に至らしめることになる。「テメレア、ぜったいにだめだ!」

「ローレンス!」テメレアが再度叫んだ。こぶしを握るようにかぎ爪がぎゅっと曲がり、大きく開いた眼に苦悶の色が浮かんだ。テメレアがいやいやをするように首を振った。テメレアはローレンスの命令に従う気がないのだ。ローレンスはなんとか命綱をつかんで、よじのぼろうとした。もし自分が落ちてしまったら、失われるのは自分の命ではなく、戦いで負傷したドラゴンと、そこに乗りこんでいる人々の命だ。

そのとき、グランビーが目の前にあらわれ、ローレンスの腰の搭乗ベルトを両手でつかんだ。「カラビナをぼくに!」ローレンスはその意味をすぐに理解した。片手は命綱をつかんだまま、もう一方の手で自分のカラビナをグランビーの搭乗ベルトの二個のリングに固定し、その同じ手で彼の胸ストラップをつかんだ。ふたりの空尉候補生が近づいてきた。つぎの瞬間、力強い四本の腕が一気にローレンスとグランビーを引きあげた。やっとのことで危機を脱し、ローレンスは適切なリングに自分のカラビナを固定することができた。

息があがっていたが、メガホンをつかんで叫んだ。「万事うまくいった!」届いたかどうか確信がもてず、大きくひと呼吸してから、もう一度叫んだ。今度はよく通る声になった。「テメレア、わたしはだいじょうぶだ。安心して飛びつづけろ!」テメレアの筋肉の緊張がほどけていくのがわかる。テメレアの羽ばたきが力強さを増し、落ちていた高度が取り戻されていく。緊迫の時間は十五分ほどだったろうか。しかしローレンスの体は嵐のなかの航海が三日間つづいたときのように震え、心臓が早鐘を打っていた。

グランビーとふたりの空尉候補生の表情も、まだやわらいではいなかった。「諸君、よくやってくれた」ローレンスは、どうにか震えずに声が出せると見きわめてから言った。「あとは、ミスタ・フェローズにまかせよう。ミスタ・グランビー、誰かを上にのぼらせ、ヴィクトリアトゥスのキャプテンに、手伝えることがあったらなんでも手伝うと言ってくれ。お客に大暴れされないもてなし方を、こっちも考えなくてはならないからな」

三人とも一瞬、ローレンスをぽかんと見た。ユーモアを含んだ命令を最初に解したグランビーが、行動を開始した。ローレンスが慎重に竜の背をつたい、首の付け根のキャプテンの定位置に戻るころには、士官候補生たちがヴィクトリアトゥスのかぎ爪を繃帯《ほうたい》でくるむ作業をはじめていた。これでもうテメレアが傷を負うことはないだろう。空の彼方に、テメレアを助けようと全力でこちらに向かってくるマクシムスの姿が見えた。

それからの飛行は何事もなく過ぎた。もちろん、意識を失いかけたドラゴンを支えながら飛ぶのはひと苦労だったが、それは予測されていた範囲内だった。ヴィクトリアトゥスを正面広場に無事に着地させると、すぐに医療チームが駆けつけ、ヴィクトリアトゥスとテメレアの治療を開始した。テメレアの傷はどれも浅いとわかり、ローレンスを安堵させた。傷が消毒され、検査され、軽傷だと診断が下され、傷口が炎症を起こさないような治療がなされた。こうしてテメレアは竜医から解放され、向こう一週間は、好きなときに食べて寝る生活をするようにと言い渡された。

今回の一件は自由を得る手段としてけっして歓迎できるものではないが、数日間の息抜きが保証されたのは大いにありがたかった。ローレンスはすぐにテメレアを外に連れ出した。行く先を基地のすぐそばの森の空き地にしたのは、テメレアが飛行する負担を少しでも減らすためだった。その空き地は丘の頂《いただき》に近いが、そのわりに平らで、やわらかな緑の草に覆われていた。丘の南側なので、ほぼ一日じゅう、日が当たる。ローレンスは、テメレアとともに、そこにたどり着いた午後から翌日の午後まで、こんこんと眠りつづけた。ローレンスはテメレアの温かな背で身を伸ばして眠った。目を覚ましたのは、どちらも空腹を感じたからだった。

「すごくよくなった。もうふつうに採食場で食べられるよ」テメレアが言った。しかし、ローレンスはそれを聞き入れず、基地の工房まで赴《おもむ》いて、地上クルーに食事の手配を依頼した。クルーたちはすぐに何頭かの牛を檻から連れ出し、丘の上で屠《ほふ》った。テメレアは肉の最後のひと切れまで食べ尽くし、すぐに眠りに落ちた。

ローレンスは、自分の食事を森の空き地まで使用人に運ばせるようにと、ホリンに頼んだ。個人的な頼みごとをホリンにするのは気が引けたが、テメレアを放ったらかしにするわけにはいかなかった。ホリンは快諾したが、彼が丘をのぼってきたとき、いっしょに連れてきたのは、グランビーと、彼の仲間の二名の空尉だった。

「どうか基地に戻ってください。温かい食事をとって、浴場で疲れを癒《いや》して、ご自分のベッドで眠ってください」二名の空尉を遠ざけておいて、グランビーは言った。「体じゅう血まみれですよ。この季節に外で眠るのは体によくありません。ぼくと仲間が交替でテメレアに付き添います。彼が目覚めたら、すぐに知らせます。あるいは、なにか変化があったとしても」

ローレンスは驚いて、自分の上着とズボンを見おろした。いままで気づかなかったが、そこらじゅうにドラゴンの黒ずんだ血がこびりついていた。顔に手をあてがうと、ひげが伸び放題だ。はたから見ると、相当ひどい恰好《かっこう》にちがいない。テメレアは、人が来たことにも気づかず、ぐっすりと眠っていた。脇腹がゆっくりと規則正しくふくらんではしぼみ、それに合わせて低いいびきが洩れていた。「きみの言うとおりだな」グランビーに言い、ひと息入れて付け加えた。「部屋に戻るとしよう。感謝する」

グランビーがうなずいた。ローレンスは眠っているテメレアをちらりと見やってから、城砦《じょうさい》基地への帰路をたどりはじめた。いったん気づいてしまうと、体じゅうにこびりついた泥と汗とがやけに気になった。このところ、毎日風呂に入れる贅沢にすっかり慣れきっていた。自室に戻り、手早く着替えをすませて、浴場に直行した。

夕食のすぐあとだったので、浴場はいつものように多くの士官でにぎわっていた。風呂にしばらく浸かり、サウナに行ったが、人でいっぱいだった。が、ローレンスが入っていくと、何人かが少しずつ体をずらし、横たわる場所をつくってくれた。ローレンスはありがたくそこへ行き、サウナにいる人々に黙礼したのち、身を横たえた。あまりに疲れていたので、まわりからの注目も、丁重《ていちょう》な扱いも、日頃とは格段にちがうと気づいたのは、心地よい熱気のなかで目を閉じたあとだった。気づいた瞬間、思わず身を起こしそうになった。

「よくやった。実によくやってくれた」その夜、ケレリタスが満足そうに言った。遅ればせながら、今回の経過を報告に行ったときのことだった。「いや、報告の遅れを謝る必要はない。グランビー空尉とキャプテン・バークリーから、だいたいのところは聞いている。なにがあったかは、よく承知している。官僚主義的な義務の遂行よりも、ドラゴンのことを気にかけるキャプテンに、わが航空隊は敬意を表する。テメレアの加減はどうだ？」

「ありがとうございます」ローレンスは心から礼を言った。「竜医からは心配ないと言われました。テメレア自身もいまは具合がよいと言っています。彼が回復するまで、わたしにできる仕事はありますか？」

「テメレアを治療に専念させること以外、なにもないな。だが、これがけっこうな大仕事」ケレリタスは含み笑いをごまかすように、鼻を鳴らした。「いやいや、ひとつだけ、きみに頼みたい。テメレアの傷が治ったら、きみたちには、マクシムスとともに、リリーの戦隊に加わってもらう。戦地から届くのは、悪い知らせばかりだ。そう、最近はとくに。フランス空軍がネルソン提督の艦隊に奇襲をかけ、その機に乗じてヴィルヌーヴ艦隊が、封鎖を突破し、トゥーロン港から抜け出した。以来一週間、杳《よう》として行方《ゆくえ》が知れない。この状況下、もはやわが英国に時間の猶予《ゆうよ》はない。つまり、きみの搭乗クルーも、早急に正式決定しなければならないということだ。きみの要望を取り入れたいと思う。その件について、明日もう一度会って、話を詰めよう」

ローレンスは考えごとをしながらゆっくりと歩いて、丘の宿営に戻った。地上クルーにテントを用意するように頼んでおいた。毛布を部屋から持ってきたので、テントをテメレアの隣に張った。今夜は快適に眠れるはずだった。竜から離れて夜を過ごすより、このほうがずっといい。テメレアはよく眠っていた。繃帯《ほうたい》をしていない部分に触れると、いつもの温もりが伝わってくる。

テメレアに触れて心が落ちついたところで、ローレンスはグランビーに呼びかけた。「ミスタ・グランビー、少し話がしたい」若い空尉をテメレアから離れた場所まで連れていき、用件を切り出した。「ケレリタスから、右腕となる士官を指名するようにと言われた」そう言って、まっすぐにグランビーを見つめた。グランビーが赤面し、視線を落とす。ローレンスはつづけて言った。「わたしとしては、辞退されるポストにきみを推薦したくはない。航空隊ではどうか知らないが、海軍では、指名されながら辞退することは、その人間の経歴に著《いちじる》しい汚点を残すことになる。もし、辞退したい気持ちが少しでもあるのなら、事前に遠慮なく言ってくれたまえ。そこで、この件は終わりにしよう」

グランビーは「サー」とローレンスに呼びかけた。が、そのまま口をつぐみ、悔しげな表情になった。〝サー〟という呼びかけを、傲慢さをくるみこむ煙幕《えんまく》として使いつづけてきた報いを、いま受けているのだ。ややあって、彼はふたたび言った。「キャプテン、わたしには、そのような思いやりをかけていただく資格はありません。わたしに言えるのは、ただ、キャプテンがこれまでのわたしの行いを許してくださるのなら、喜んでその指名をお請けするということだけです」まるで何度も練習したかのような、グランビーにしては堅苦しい言い方だった。

ローレンスは満足してうなずいた。薄氷《はくひょう》を踏むような思いで切り出した提案だった。テメレアのためでなければ、たとえ勇気ある行動を示したとはいえ、一度は自分を軽侮した人間に、ここまで自分の手の内をさらけ出すようなことはしなかったろう。しかし、グランビーは副キャプテンの人材として明らかに最善の選択であり、あえて打診するだけの価値は充分にあった。本人も快諾《かいだく》し、意欲を見せている。その返事はいささかぎこちなかったが、充分に真摯《しんし》で丁重なものだった。「了解した」と、ローレンスは短く答えた。

こうして、ふたりでテメレアのほうに戻りはじめたときだった。グランビーが出し抜けにしゃべりはじめた。「ああ、困った！　うまく言えるかどうかはわからないけど、このままにしておくわけにはいかないや。言います！　ぼくは、いじけたくだらない人間でした！　ほんとうに、申し訳ありませんでしたっ！」

ローレンスは、この唐突で開けっぴろげなもの言いにびっくりしたが、悪い気分ではなかった。ここまで率直な謝罪を、受け入れないわけにはいかない。グランビー本来の口調で心情を吐露《とろ》しているのが感じとれた。「きみの謝罪を喜んで受け入れる」静かに、だが心をこめて言った。「すべてを水に流そう。わたしときみは戦友であり同志だ——これまで以上に」

ふたり同時に立ち止まり、がっちりと握手を交わした。グランビーには安堵と幸福感がみなぎっていた。ローレンスがそれとなくチームの一員として推薦したい士官はいないかと尋ねると、グランビーは熱心に答えはじめた。テメレアのもとに戻るまで、話は途切れることなくつづいた。

8　ドラゴン戦隊、上昇せよ

繃帯《ほうたい》が取れる前から、テメレアは早く水浴びをさせてくれと、せつなそうに訴えるようになった。週の終わり、傷にかさぶたができたのを見て、竜医たちは不承不承で水浴びを許可した。ローレンスは、チームに入れるつもりの見習い生たちを引き連れ、テメレアが待っている正面広場に向かった。テメレアは、所属することになる戦隊を率いるロングウィング種の雌ドラゴンと話しているところだった。

「そこから毒が噴き出すとき、痛くないの？」テメレアは興味しんしんで尋ねていた。ローレンスには、ロングウィング種の顎の両脇にある牙《きば》のことを言っているのだろうと察しがついた。牙には細かな穴があいており、そこから強酸が噴出する。

「いいえ、ちっとも」リリーが答えた。「毒液が出てくるのは、あたしが狙いを定めたときだけ。だから、自分に向かって噴いちゃうこともない。でも、編隊飛行のときは、あたしの毒液を浴びないように気をつけなさい」

リリーの巨大な翼がたたまれて背に寄せられていた。一見すると褐色だが、近くで見ると青とオレンジが半透明の地層のように折り重なっている。脇腹に寄せられた翼端だけがくっきりとした白と黒の縞模様になっている。眼はテメレアと同じように縦に細い瞳孔だが、色はオレンジがかった黄色だ。顎の両脇から突き出た牙がいかにも獰猛《どうもう》そうな印象を与えるが、リリーは実に辛抱強く地上クルーに作業をさせていた。クルーたちはリリーの体に這いあがり、ていねいに汚れを落とし、ハーネスの隅々まで磨きあげている。そばを行ったり来たりして作業を監督しているのは、この竜の担い手であるキャプテン・ハーコートだ。

テメレアに近づいたローレンスを、リリーが見おろした。好奇心を示しているだけだとしても、不穏な輝きを帯びた眼で見つめられるとゾクリとする。「あなたが、テメレアのキャプテン……。ねえ、キャサリン、彼らといっしょに湖に行かない？　水が好きになれるかどうかはわからないけど、試してみたい」

「湖に行く？」ハーネスの点検をしていたキャプテン・ハーコートが顔をあげ、驚いた顔でローレンスを見つめた。

「ええ。テメレアを水浴びに連れていきます」ローレンスはきっぱりと答えた。「ミスタ・ホリン、軽装備のハーネスを用意してくれないか。ストラップがテメレアの傷をこすらないかどうか、試してみよう」

ホリンは、レヴィタスのハーネスを清掃していた。小さなドラゴンは採食場から帰ってきたばかりだった。「きみもいっしょに行ったらどう？」ホリンがレヴィタスに言った。「キャプテン、もしレヴィタスが行くのなら、テメレアにハーネスを付ける必要はなくなると思うんです」ローレンスに向かって言う。

「うわぁ。行きたいなあ」レヴィタスが、期待をこめたまなざしでローレンスを見つめた。

「助かるよ、レヴィタス」ローレンスはすでに答えを決めていた。「諸君《ジェントルメン》、レヴィタスがまた、きみたちを運んでくれることになった」と、今度は見習い生たちに向かって言う。エミリー・ローランドへの呼びかけ方を変えようかと思ったときもあったが、最近はあきらめた。エミリーは少年たちのなかに溶けこみ、自分を例外だなどとはこれっぽっちも考えていない。だとしたら、みんなまとめて同じように扱うほうがローレンスとしても楽だった。「テメレア、わたしもレヴィタスに乗っていこうか？　それとも、きみが運んでくれる？」

「ぼくが運んでいく。当然だよ」テメレアが言った。

ローレンスはうなずいた。「ミスタ・ホリン、きみはほかに仕事が？　来てくれると助かるんだがな。テメレアにわたしを運ばせるとしたら、レヴィタスにもうひとり乗ることができる」

「すごい……。とても光栄です。でも、ぼくは搭乗ベルトを持ってません」ホリンが答え、いかにも乗りたそうにレヴィタスを見つめた。「そんな経験、いままでにしたことがありません。竜に乗るときはいつも、地上クルー用のテントのなかで、そこから出たことがないんです。残りものの革ですぐに作ります。少し待ってもらえますか？」

ホリンが自分の搭乗ベルトを急ごしらえしているあいだに、マクシムスが広場へ舞いおりた。着地の瞬間、地面が揺れた。「もう、そろそろ行くんだろう？」マクシムスはうれしそうにテメレアに言った。その背にはキャプテン・バークリーと二名の空尉候補生が乗っている。

「マクシムスのやつがうるさいのなんの、ついに根負けしたってわけさ」からかうように目で問いかけたローレンスに、バークリーが答えた。「言わせてもらうが、ドラゴンに水浴びさせようなんて、ばかげた考えだ。くだらないことったら」マクシムスの肩をいとおしげにぽんと叩いた。言葉とは裏腹に、内心では湖行きを楽しみにしているようだ。

「あたしたちも、いっしょに行くわ」リリーが言った。湖行きのメンバーが集まっている横で、さっきまでリリーとキャプテン・ハーコートがひそひそと会話していた。相談の結果、行くことに決まったと見える。すでにキャプテン・ハーコートはリリーに騎乗していた。テメレアが前足でそろりとローレンスの体をつかみ、持ちあげた。竜のやわらかな指がつくる丸みのなかにすっぽりおさまると、大きなかぎ爪の存在は気にならず、むしろ頑丈な檻に守られているような気分になった。

湖に着くと、テメレアだけがすぐに水の深いところに行って、泳ぎはじめた。マクシムスはおずおずと浅瀬に入ったが、湖底に足がつかないところへはけっして行こうとしなかった。リリーは岸辺から湖面を見つめていた。鼻先を水に浸けるものの、水に入る気はないようだ。レヴィタスは、前回と同じく、岸辺でさんざんためらっていたが、いきなり眼をつぶって突進し、水しぶきをあげながら深いところまで突っ走り、懸命に水を掻いて泳ぎはじめた。

「ぼくたちも、ドラゴンといっしょに水に入ったほうがいいのでしょうか?」バークリーの部下の空尉候補生のひとりが、不安そうに訊いた。

「いや、よしたほうがいい」ローレンスは言った。「この湖は、山の雪解け水でできている。入ったらたちまち体は紫色だ。でも、ドラゴンは、泳ぐことで食事のあとの血や汚れを洗い流すことができる。ちょっとでも水に浸かると、あとの清掃作業がとても楽になるんだ」

「ふうん」横で聞いていたリリーが言い、ゆっくりと水のなかに入っていく。

「いいの? あなたには冷たすぎるんじゃない?」ハーコートが後ろから呼びかけた。

「ドラゴンが寒くて風邪を引いたという話は聞かないけど……だいじょうぶよね?」

ローレンスとバークリーのほうを向いて問いかける。

「まあな。冷たくてもドラゴンなら、目が覚めるぐらいのものだろう。もちろん、氷水ともなれば話はちがうが。ま、やつらはそんなこと、おかまいなしだけどな」バークリーはそう言うと、今度は声を大きくして言った。「マクシムス、この臆病者! 入りたいなら、とっとと入れ。わたしは一日じゅう、ここに突っ立ってるつもりはないからな」

「怖がってないさ」マクシムスは憤慨して言うと、いきなり水に突っこみ、巨大な波をつくった。大波は最初にレヴィタスを沈め、つぎにテメレアを押し流した。レヴィタスが水面に浮上し、水しぶきをあげる。テメレアは鼻息を荒くし、頭を水にもぐらせ、マクシムスに水を浴びせかけた。たちまち、二頭のドラゴンですさまじい水の掛け合いがはじまり、湖は大嵐の大西洋のようになった。

レヴィタスが羽ばたきながら水からあがり、岸辺に立っている飛行士たちに冷たい水を散らした。ホリンと見習い生たちが体を拭きにかかると、小さなドラゴンは言った。「泳ぐの大好きだ。ありがとう、二度もぼくをここに連れてきてくれて」

「そんなに好きなら、もっと頻繁に来ればいい」ローレンスはそう言ってから、バークリーとハーコートのほうをちらりと見た。彼らがいまの言葉をどう受けとめたかが気になった。まったく気にしていないように見えた。レヴィタスへの干渉を、やりすぎだとも思っていないようだ。

リリーが、体の大部分が水に浸かるところまでたどり着いていた。それ以上深くなれば、ドラゴンの持つ生得的な浮力によって、体が自然と浮かんでしまう。盛大に水しぶきをあげている二頭の雄ドラゴンを尻目に、リリーは傾げた頭で体のあちこちをこすっていた。そして、レヴィタスに次いで二番目に水からあがった。泳ぐよりも水で体を洗ってもらうほうに興味があるようだ。ハーコートと見習い生たちが、リリーが示す箇所をとくに念入りに洗うと、気持ちよさげに低いうめきを洩らした。

マクシムスとテメレアもようやく遊びにあきて、湖の岸辺に戻った。マクシムスの濡れた大きな体を拭くには、バークリーと空尉候補生二名、計三名の相当な労力を必要とした。テメレアのほうは、ローレンスが顔の繊細な表皮を拭いているあいだに、見習い生たちが背にのぼり、大量のタオルで水気を拭きとった。バークリーが自分のドラゴンの体の大きさに不平を洩らすのを聞いて、ローレンスはにやりとした。

ローレンスは、しばし仕事のことを忘れ、ドラゴンたちを眺めて楽しんだ。テメレアが眼を輝かせ、誇らしげに頭をもたげ、仲間のドラゴンと会話していた。その姿に、もう自己不信の影は見当たらない。この奇妙な取り合わせの仲間たちは、かつてのローレンスが未来に求めていたものとはちがう。だがいまは、この気の置けない仲間たちとの交流が、心にぬくもりを運んでくれる。はじめて航空隊で任務を果たし、ここでやっていけるという自信が持てた。それはテメレアも同じで、失いかけた自信を取り戻す良いきっかけになったようだ。テメレアもローレンスも、自分が身を置くべき確かな場所を見つけたことに、深い満足感を覚えていた。

しかし、その幸福な気分も、正面広場に戻るまでだった。そこにはランキンが、城壁に身をあずけて立っていた。夜会用の正装をしており、搭乗ベルトの革ひもを脚に当ててピシリピシリと鳴らしていた。見るからに苛立っている。着地するなり、ランキンを見つけて驚いたレヴィタスが、ぴょんと跳びあがった。

「勝手にいなくなって、なんのつもりだ？」ホリンと見習い生たちがレヴィタスからおりるのも待たずに、ランキンは言った。「食べるとき以外は、ここで待ってろ。わかっているだろ？　だいたい、ほかの人間を乗せていいと誰が言った？」

「レヴィタスは、親切にも、この人たちを運んでくれたのですよ、キャプテン・ランキン」テメレアの前足によっておろされたローレンスは、声を大きくして話しかけた。とにかく彼の注意を自分に引きつけたかった。「湖まで行っただけです。信号で連絡してもらえるとよかったんですが」

「自分のドラゴンを呼び戻すために、わざわざ信号手をわずらわすつもりはない。キャプテン・ローレンス、どうかもう、わたしのドラゴンにかまわないでくれたまえ」ランキンが冷ややかに言い、「濡れているようだな」と、今度はレヴィタスに言った。

「いえ、いえ。そんなに長く水に入ったわけじゃないんです。濡れてませんよ、ほんど……そんなには」レヴィタスが背中を丸めた。

「だといいがな」ランキンが言った。「身をかがめろ。ぐずぐずするな」そのあと、見習い生たちに向かって言った。「さあ、早くおりてくれ。今後、こいつには近づくな」ホリンを肩で押しのけるようにして、レヴィタスにまたがった。

ローレンスは、ランキンを乗せて飛び去っていくレヴィタスを見送った。バークリーとハーコートは黙っていた。ドラゴンたちも同じだった。突然、リリーが首をひねり、怒りにまかせて液体を吐き出す音がした。敷石に落ちたのはほんの数滴だったが、ジュッと音をたてて、煙があがった。一瞬にして、敷石に黒いくぼみができていた。

「リリー！」キャプテン・ハーコートが声をあげた。が、その声にはようやく沈黙を破れたという安堵も交じっていた。「ペック！　ハーネス用オイルをお願い」ハーコートはリリーからおりながら、担当クルーに言い、クルーがオイル差し出すと、敷石をえぐった強酸の上に煙がおさまるまでたっぷりと注いだ。「あとは砂で覆って。念のため、洗い流すのは明日まで待ちましょう」

リリーが与えてくれたささやかな気晴らしに、ローレンスも感謝した。しかしまだ、冷静に口をきける気がしなかった。テメレアがそっと頭をこすりつけてきた。見習い生たちも、心配そうにローレンスのほうを見つめている。

「こんなことになるなんて……」と、ホリンが言った。「申し訳ないことをしました。キャプテン・ランキンにも」

「ミスタ・ホリン、きみが謝ることはない」ローレンスは言った。ようやく出た声は、冷たく厳しい調子になった。それを補うように付け加えた。「きみはなにひとつ、悪いことをしていない」

「どうして、レヴィタスに近づいちゃいけないのか、さっぱりわからない」エミリー・ローランドが、抑えた声でぶつぶつ言った。

ローレンスは、彼女のことばに躊躇《ちゅうちょ》なく返した。ランキンに対する怒りと同じくらい、強い感情が込みあげた。「上官がそう命令した。もしそれが充分な理由にならないと言うのなら、ミス・ローランド、きみはいるべき場所を間違えている」厳しい口調で言った。「そのような発言を今後、二度とわたしの耳に入れないように。さて、汚れたタオルをすぐに洗濯にまわしてもらおうか。みなさん、わたしはこれで失礼します」ローレンスはその場にいる全員に言った。「食事の前に、少し散歩をしたいので」

ローレンスのあとを歩いてついていくには、テメレアは体が大きすぎた。そこで先に飛んでいき、道沿いにある小さな空き地でローレンスを待っていた。ひとりになりたいと思っていたローレンスだったが、ドラゴンの前足で囲まれ、温かな胸に寄り添い、まるで音楽のような鼓動《こどう》と呼吸音に耳を傾けると、しだいに心が落ちついた。怒りはどこかに消えた。しかし、やりきれなさがまだ胸の底に残っていた。ランキンに決闘を挑めたら、どんなによかったろうか。

やがてテメレアが沈黙を破って言った。「なぜ、レヴィタスは我慢してるんだろうね。体が小さいといっても、ランキンよりは大きいのに……」

「じゃあ、なぜきみは、わたしがハーネスを付けてくれと頼むと辛抱するんだい？危険な作戦行動だろうと、わたしの命令なら、やってのけるんじゃないのかい？」ローレンスは言った。「ランキンに従うのは、それがレヴィタスの尽くすべき本分だから、そして習いだからさ。殻から出てきたときから、レヴィタスはランキンの命令に従うことを当たり前として生きてきた。だから、あんな扱いにも耐えている。彼には別の生き方なんて、考えられないんだろう」

「でも、レヴィタスはあなたを見てる。ほかのキャプテンのことも。ドラゴンをランキンみたいに扱う人間はほかにいない。それを彼はわかってるはずだ」テメレアは言った。かぎ爪を伸ばし、地面に畝《うね》をつくる。「ぼくは習いだからあなたに従うわけじゃない。ぼくなら、レヴィタスみたいに我慢しない。ぼくがあなたに従うのは、あなたが従うのに値《あたい》する人だから。あなたはぼくを手荒に扱わないし、理由もなく危険なこと、いやなことをしろとは言わない」

「そうだな。理由もなく、ではないな」ローレンスは言った。「だが、わたしたちは過酷な軍務に就く身だ。ときには、ものすごく我慢しなくちゃならないこともある」ローレンスはためらいつつも、やさしく付け加えた。「それについて、きみに言わなければと思っていたことがある。テメレア、約束してくれ。わたしの命を、大勢の人の命と秤《はかり》にかけないでくれ。わが航空隊にとって、ヴィクトリアトゥスはわたしよりもはるかに価値ある存在なんだ。たとえヴィクトリアトゥスに人が乗りこんでいなかったとしても。きみは、あのとき、わたしを助けようとして、あの竜とクルーの命を危険にさらしかねなかった。もう二度と考えるな、あんなことは」

テメレアが体を丸め、いっそうすっぽりとローレンスを包んだ。「いやだ、ローレンス。そんな約束はできない」テメレアは言った。「ごめんなさい。でも、あなたに嘘はつきたくないよ。あなたを落っことすわけにはいかなかった。あなたの命よりみんなの命を重く見ろとあなたが言っても、ぼくには無理だ。なぜって、あなたは、ぼくにとって、誰よりもだいじな人だから。だから、あなたの命令に従えないことだってある。そもそも〝尽くすべき本分〟っていったいなんなの？　考えれば考えるほどわからなくなってくる」

ローレンスはどう答えるべきかとまどった。テメレアがこんなにも自分を大切に思ってくれていることに深く心を動かされた。それは否定しない。しかし、命令に従うか従わないかはドラゴン自身が決めること――ここまで率直にドラゴンに言わせてしまっていいものかどうか、それがわからない。テメレアの意見は尊重したい。だがまたしても、規律や任務を全《まっと》うする意義についてテメレアに教えようとするのは、むなしい努力になるのではないか、そんな思いがこみあげてくる。「それを、きみにしっかりと伝えられる言葉が見つかるといいんだけどね」ローレンスはあきらめ交じりに言った。「そういった問題について書かれた本がきっとあるはずだ。いずれ、さがしてみよう」

「いずれ、ね」テメレアにしては読書に前向きではない態度を見せた。「なにがあっても、ぼくの考えは変わらないと思うけど……。でもとにかく、もうあんなことが二度と起きないようにしたいね。あれは怖かった。正直言って、あなたが落ちてしまったら、もう受けとめられないんじゃないかって不安になった」

ローレンスはそれを聞いて思わず頬《ほお》をゆるめた。「その点については同感だ。もう二度とあんなことにならないように最善を尽くそう。約束するよ」

翌朝、エミリー・ローランドがローレンスを呼びにきた。ローレンスはその日も、テメレアの横に張った小さなテントで眠っていた。「ケレリタスからお呼びがかかってます」ローレンスはクラヴァットを結び、上着をはおって、城砦に向かった。テメレアは片眼だけあけて、眠そうな声でローレンスを送り出す言葉をつぶやき、またすぐに眠ってしまった。あとをついてきたエミリーが、意を決したように言った。「キャプテン、まだ、怒ってますか？」

「なんのことだい？」ローレンスは一瞬とまどったが、すぐに前日の彼女の発言のことだと気づいた。「いや、怒ってない。なぜ、あんなことを言うべきではないか、きみならわかってくれたと思っている」

「はい」エミリーは言った。その返事にはいささか疑念が感じられたが、ローレンスは見逃すことにした。「だから、レヴィタスに話しかけませんでした。でも……今朝のレヴィタスは元気がなくて、見ていられなかった」

正面広場を抜けるとき、ローレンスはちらりとレヴィタスを見やった。ウィンチェスター種の小さなドラゴンは、ほかのドラゴンたちから離れ、隅で体を丸めていた。まだ早い時間にもかかわらず、もう起きていて、ぼんやりと地面を見つめている。ローレンスは目を逸《そ》らした。いまの自分に、レヴィタスにしてやれることはなにもない。

「ご苦労、ローランド」ケレリタスは、ローレンスを連れてきたエミリーに言い、ローレンスに向き直って言った。「キャプテン、朝早く呼び出してすまなかった。テメレアは訓練を再開できるまで体力を取り戻しただろうか？」

「はい。傷の治りの早さには驚くばかりです。きのうは湖まで飛んで、また戻ってきました。なんの問題もありません」

「けっこう、けっこう」ケレリタスはしばし沈黙し、ため息をついた。「キャプテン、きみに厳重に注意しておかなければならない。これ以上、レヴィタスに干渉するな」

ローレンスは頰が熱くなるのを感じた。ランキンが訴えたにちがいない。だが、そうされて当然だと思い直した。ローレンス自身、海軍時代は自分の率いる艦の管理について、おせっかいな干渉を受けるのは我慢がならなかった。それはいまも同じだ。テメレアの扱いについて、人からとやかく言われたくない。結局のところ、どんな弁明をしようが、自分のしたことは間違っていた。そう考えると、怒りは消えて、むしろ恥ずかしくなった。「申し訳ありません。そこまで言わせてしまったことを心苦しく思います。二度と同じことはしないと誓います」

ケレリタスがフンと鼻を鳴らした。厳重注意を発しておきながら、それとは裏腹な態度だった。「誓うなどと言うな。もし、本気で言ったのだとしたら、わたしのなかで、きみは男を下げる」ケレリタスは言った。「まったく、不憫《ふびん》だ……。悪いのは、誰でもない、このわたしだ。わたしがあの男に耐えきれなかったから、航空隊司令部は彼を伝令使に仕立て、ウィンチェスターの卵をあてがった。彼の祖父のために、わたしは口を閉ざしているしかないのだ――すべてを承知しながら」

頭ごなしに叱責《しっせき》されたわけではないことがわかり、ローレンスはケレリタスの真意に興味を覚えた。ランキンに耐えきれなかったとは、どういうことなのか。航空隊司令部が、ランキンのような男を、トレーニング・マスターまで務める秀《ひい》でたドラゴンの担《にな》い手にしようと一度は計画したということなのか。信じられない話だ。「彼の祖父をよくご存じなのですか?」知りたいという衝動を抑えきれずに尋ねた。

「彼の祖父は、わたしの最初の担い手だった。その息子もまた」ケレリタスはそれだけ言うと、顔をそむけて、うなだれた。が、また気を取り直してつづけた。「わたしは孫に仕えるのも楽しみにしていた。しかし、彼の母親がここで教育することに反対した。そして、おかしな考えを息子に植えつけた。彼は、飛行士になるべきではなかったのだ――少なくとも担い手には。だが、いまや担い手となって、レヴィタスを服従させている。なにも変わっていない。だが、わたしは、きみの干渉も許すわけにはいかないのだ。わかるかな? 士官たちに他人のドラゴンの世話を焼くことを許してしまったらどうなるか。キャプテンの地位を切望する空尉候補生たちは、幸福に翳《かげ》りがあるドラゴンを見つけたら、甘い言葉をかけずにはいられなくなるだろう。それでは、ここが渾沌《カオス》となる」

ローレンスは頭《こうべ》を垂れた。「たいへんよくわかります」

「ともあれ、いまのきみには専念すべき課題がある」ケレリタスは言った。「きょうから、リリーの戦隊に入ってもらう。テメレアを連れてきなさい。ほかのドラゴンたちも、もうすぐここに集まるだろう」

道を引き返しながら、ローレンスは考えごとにふけった。知識として、大型種のドラゴンの寿命が長いことは知っていた。戦場で死なないかぎり、彼らは担い手よりも長く生きるのがふつうだ。だがこれまで、担い手と死別したドラゴンのことを、あるいは航空隊司令部がその状況をどう扱うかを、考えてみたことがなかった。もちろん、ドラゴンが新たな担い手を受け入れて軍務に服すことが、国家にとっては最大の利益となる。しかし、それでドラゴン自身は幸せなのか。任務に意識を傾け、悲しみの感情を振り捨てようとするのだろうか。まさに、ケレリタスがそうしてきたように……。

丘の宿営に戻り、ローレンスは眠っているテメレアを複雑な思いで見つめた。まだ先の話だし、戦いに明け暮れる人生に、確かなことはなにもない。あれこれ考えても、しかたない。しかし、テメレアの未来に幸福を確保するのは自分の責任だ。ローレンスはかつて、どんな財産や所有物に対しても、これほど重い責任を感じたことはなかった。もしもの場合にどうするのか、それにどう備えるのか、近いうちに考えることにしよう。おそらく、選び抜いた副キャプテンなら、自分のあとを継いでくれるだろう。テメレアも何年かはかかったとしても、やがては新しい運命を受け入れることだろう。

「テメレア」鼻づらを撫でながら、そっと呼びかけた。テメレアは両眼をあけ、低いうなりをあげた。

「起きてるよ。きょうもまた飛べる?」大きなあくびとともに空を見あげ、かすかに翼を震わせた。

「ああ、飛べるよ」ローレンスは言った。「おいで。きみにまたハーネスを付けなきゃいけない。ミスタ・ホリンが支度をしてくれる」

その戦隊は、通常は渡り雁《がん》の群れのように、リリーを頂点としたくさび形の隊形をつくった。イエロー・リーパー種のメッソリアとイモルタリスが側面を受け持ち、リリーを敵の接近攻撃から守る重要な役割を果たす。最後尾は、体は小さいが敏捷《びんしょう》なグレー・コッパー種のドゥルシアと、パスカルズ・ブルー種のニチドゥス。五頭はすべて成竜で、リリーを除けば全員に実戦経験があった。若いリリーを支えるために特別に選ばれたベテラン勢であり、彼らのキャプテンと乗組員も、自分たちの技術に高い誇りを持っていた。

ローレンスは、一か月半におよんだ訓練と教育を、いまさらながらありがたく思った。この試練をくぐり抜けたおかげで、いまやどんな飛行法も第二の天性のようにテメレアとマクシムスの体に染みついていた。そうでなければ、ほかの熟練ドラゴンたちのアクロバット飛行にとてもついていけなかっただろう。新入りの大型ドラゴン二頭は、リリーの後ろで横並びになって、リリーを頂点とした三角形の底辺をつくる位置をまかされた。二頭はこの位置で、戦隊に襲いかかるあらゆる攻撃を阻止する役割を担うことになる。敵の重戦闘竜にも応戦しなければならない。また、リリーの噴く強酸で弱体化した地上の敵を目がけて、乗組員が爆弾を投じることもある。

テメレアが戦隊のドラゴンたちになじんでいるさまを見るのが、ローレンスはうれしかった。年長の竜たちは休憩時間にはくつろいで体力の回復に努めるのだが、テメレアとリリーとマクシムスはずっとしゃべりつづけ、ときには空中鬼ごっこを楽しんだ。年長の竜たちは、若いドラゴンたちがはしゃぐようすを寛容に見守っていた。

ローレンス自身も、以前とは比較にならないほど飛行士仲間に溶けこみ、気づかないうちに航空隊特有のざっくばらんなつきあいに慣れていた。キャプテン・ハーコートのことも、いまはただ〝ハーコート〟と呼んでいる。ある日、仲間と議論しているとき、ふとそう呼んでいる自分に気づいた。

キャプテンや副キャプテンたちは、夕食時やドラゴンが眠りに就いた夜更けに、戦術や飛行技術について議論することがよくあった。ローレンスはほとんど意見を求められなかったが、それを悪くとることはなかった。空中戦の勘どころをめきめきとつかみつつあったが、つねに新参者であることを意識していたので、飛行士たちから新米扱いされても腹を立てなかった。テメレアの特殊能力について尋ねられるとき以外は沈黙を保ち、無理して議論に加わろうとせず、むしろ自分の知識を増やすために聞き役に徹した。

会話はときに、この戦争そのものを語るほうへと流れた。辺境の地ゆえに情報が数週間遅れて届くロッホ・ラガンでは、推論に頼らざるをえない部分もあった。ある夜、ローレンスがテーブルに近づくと、サットンがこんな意見を口にするのが聞こえた。

「フランス艦隊は、実にうまく行方をくらましたものだな」サットンは、メッソリアに騎乗するキャプテンで、戦隊の飛行士のなかでは最年長だった。これまで四度の戦役に参加しており、いくぶん厭世《えんせい》的で口の悪いところがあった。「トゥーロン港をこっそりと出たあと、まったく行方がつかめない。だがイギリス海峡に針路をとったことは間違いないだろう。明日、フランス兵が部屋のドアの前に立っていたって、おれは驚かないいね」

ローレンスにとっては聞き流せない発言だった。「それは誤解ではないでしょうか」椅子に腰をおろして言った。「ヴィルヌーヴ提督率いるフランス艦隊は、確かにトゥーロンを出航しましたが、その後、大きな作戦行動に出るようすはありません。ただ逃走をつづけるのみ。わがネルソン提督の艦隊が、しぶとく追いつづけているようですよ」

「そんな話をどこから仕入れたんだい、ローレンス？」ドゥルシアのキャプテン、チェネリーが顔をあげて尋ねた。彼は隣のテーブルで、イモルタリスのキャプテン、リトルとカードゲームを漫然とつづけていた。

「きのう、手紙を受け取った。そのうちの一通が、リライアント号のライリー艦長からでした」ローレンスは言った。「リライアント号はネルソン艦隊に加わり、ヴィルヌーヴ艦隊を追って大西洋を渡っているそうです。ネルソン提督の予想では、西インド諸島あたりでヴィルヌーヴ艦隊に追いつくのではないかと」

「なんと、そんなことになっていたのか！」チェネリーが言った。「なあ、その手紙を全部読んでくれないか。ひどいやつだな、きみは。われわれを無知の闇に取り残さないでくれよ」

なじるのもチェネリーの熱い心ゆえとわかっていたし、同じようにもっと教えろという発言がつづいたので、ローレンスは使用人に命じて自室から手紙の束を取ってこさせた。その手紙はすべて、ローレンスの赴任先を知った元同僚からのものだった。境遇の激変に同情を寄せるくだりだけ省く必要があったが、そこはうまく切り抜けた。最新の情報に飢えていた飛行士たちは、手紙の朗読に熱心に耳を傾けた。

「なるほど、ヴィルヌーヴ艦隊は十七隻か。それで、ネルソン艦隊は十二隻だって？」サットンが言う。「ヴィルヌーヴの能力を評価しないが、もしフランス艦隊が回れ右をして、攻撃してきたらどうなる？　ネルソン艦隊には航空隊の援護がない。

本国からドラゴン戦隊を送りこむには遠すぎるし、西インド諸島にわが英国はドラゴンを駐屯《ちゅうとん》させていないからな」

「艦の数が少ないからといって、フランス艦隊に勝てないわけではありません」ローレンスはきっぱりと言った。「〈ナイルの海戦〉を思い出していただきたい。あるいは、その前年の〈サン・ビンセンテ岬の海戦〉を。わが英国海軍は、数字上の不利をものともせず、みごと勝利をおさめました。ネルソン提督は、これまでのところ、負け知らずです」どうにか自制心を発揮して、ここで話を終えた。海軍について熱く語りすぎるのもどうかと思ったからだ。

みなが微笑を返した。が、賛同しているわけでもないらしい。リトルが、いつもの落ちつき払った口調で言った。「海軍がこれからもそうであることを祈る。フランス艦隊が無傷であるかぎり、英国本土が危険にさらされていることに変わりはないからな。英国海軍がヴィルヌーヴ艦隊を迎え撃てるとはかぎらない。ナポレオンなら、イギリス海峡の制海権を、二日か三日で握ってみせるだろう。そうなったらただちに、大量の兵士を大量の輸送艇で送りこんでくるに決まっている」

暗い予想に、みなが重苦しく口を閉ざした。とうとうバークリーが低いうめきを洩らし、自分のグラスを飲みほしてから言った。「いつまでここで沈んでいる気だ？わたしは、もう寝る。取り越し苦労をしてもはじまらない」

「わたしも失礼するわ。明日は早いから」ハーコートも立ちあがった。「ケレリタスが、編隊飛行訓練の前に、リリーに噴射の練習をさせたがってるの」

「では、全員、部屋に引きあげるとするか」サットンが言った。「まずは、この戦隊を完璧に仕上げることだな。ナポレオンと対決するときには、かならずロングウィング戦隊が必要とされる。この戦隊が、ドーヴァーに送りこまれる可能性もある」

こうしてその場はお開きとなったが、ローレンスは塔の自室への階段をのぼりながら、まだ考えつづけていた。ロングウィング種には、驚くべき精度で強酸を噴く能力がある。訓練の初日、リリーが約四百フィート上空から、ただ一回の噴射で、地上の標的を破壊するのを目撃した。その高度にいるかぎり、地上からの砲弾でやられることはまずありえない。対ドラゴン胡椒弾《こしょうだん》には、少々手こずるかもしれない。しかし、リリーにとって、もっとも恐ろしい敵は空中にいる。すべての敵ドラゴンが、リリーを標的にして襲いかかってくるだろう。それを阻止するために、ドラゴン戦隊は全体としてリリーを守るように構成されている。ローレンスには、どんな戦闘だろうが、このドラゴン戦隊が敵の脅威となることが、たやすく想像できた。もし自分の艦の上空に飛来されたとしたら、たまったものではなかったろう。これからは、そんなドラゴン戦隊に加わって、祖国のために戦えるのだ。そう思うと、この新しい任務にがぜん意欲が湧いた。

しかしあいにくながら、テメレアのほうがドラゴン戦隊に興味を失いかけていることが、その週のうちに判明した。テメレアは、戦隊の一員として要求されることをきちんとこなし、ほかの竜との位置関係を乱すことなく飛べるようにもなった。しかしそうすることが、テメレアの能力に制限をかけていた。ことにスピードと機動性において、テメレアはほかの竜よりはるかに高い能力を持っている。それを存分に発揮できないことを、束縛と感じはじめたようだ。

ある午後、テメレアは、同じ戦隊のメッソリアに尋ねた。「ねえ、もっとおもしろい飛び方はないのかな」メッソリアは三十歳になる実戦経験豊富なドラゴンで、体じゅうにある歴戦の傷痕を見れば、だれもが彼女に畏敬《いけい》の念を覚えた。

メッソリアはフンと鼻を鳴らしてから、おおらかに言った。「おもしろいかどうかなんて、問題じゃあないね。戦場のどまんなかで、そんな言葉、頭をかすめもしないって」少し間をおいて付け加える。「いずれ慣れるよ、だいじょうぶ」

テメレアはため息をついて訓練に戻り、それ以上は不満を口にしなかった。訓練で求められることには応えるように努力した。が、どう見ても身が入っているようには見えず、ローレンスは気をもまずにいられなかった。テメレアを慰め、訓練以外のことで興味が湧きそうなことを提供しようとした。毎夜の本の読み聞かせをつづけた。テメレアはローレンスが見つけてくる数学と科学の本に並々ならぬ関心を示し、本の内容をなんなく理解した。そして、いつしかローレンスは、自分が読み聞かせたはずの内容をテメレアから解説されるという、気まずい立場に置かれるようになった。

訓練の再開からおよそ一週間後、ドラゴン学者のエドワード・ハウ卿《きょう》から小包が届いた。宛名はなんとテメレアになっており、テメレアは自分宛てに荷物が届いたことに大喜びした。ローレンスが包みを解くと、中身は五巻から成る東洋の竜の物語だった。エドワード卿が翻訳し、刊行されたばかりの書物だ。

ローレンスがテメレアの言うとおりに口述筆記して、エドワード卿宛ての典雅な礼状がしたためられ、ローレンスはそこに添え書きをした。こうしてほかの書物と並行しながら東洋の物語を読むことが一日の終わりの習慣になった。テメレアは五巻目を読みきったあとも、また最初から読み返してほしいとせがみ、うれしそうに耳を傾けた。お気に入りの話を読んでほしいと求めることもあった。中国で最初に誕生したセレスチャル種で、漢王朝を興《おこ》すように助言したと言われる〝黄皇帝〟の話。フビライ・ハーンが放った艦隊を追い払ったという島国日本のドラゴン〝ライデン〟の話。ナポレオンの大陸軍《グラン・ダルメ》がいつなんどき海峡を渡ってくるかもしれない脅威にさらされている島国である英国と重ねて見ているのか、テメレアは、日本の竜の話をとりわけ好んでいた。

また、中国皇帝に仕える大臣シャオ・シェンが、ドラゴンの宝物の真珠を呑みこんでしまい、それによってドラゴンに変身したという話にも、うっとりと聞き入った。なぜこの物語にテメレアが惹《ひ》かれるのか、ローレンスはテメレアから教えられるまで気づかなかった。「これ、ほんとの話じゃないよね。人間がドラゴンになるなんて、ありえない。もちろん、その逆だってありえないわけだし……」

「ああ。残念ながら、ほんとの話じゃないな」ローレンスはゆっくりと返した。テメレアは、人間に変身したいと思っているのだろうか。だとしたら、それはテメレアが不幸せを感じているからではないのかと勘ぐりはじめ、気が重くなった。

しかし、テメレアはため息をついて言った。「そうだよね。ぼくもそう思ってた。でも、人間になれたら、すてきだよ。好きなときにひとりで本を読み、手紙を書ける。それに、あなたが竜になったら、ぼくと並んで空を飛ぶこともできる」

ローレンスは安堵の笑い声をあげた。「楽しいだろうけど、残念ながら無理だ。だけど、変身できたとしても、この物語を読むかぎり、たいへんそうだね。もとに戻れるともかぎらないようだし」

「いやだよ、空を飛べなくなるなんて。それぐらいなら、本を読めなくてもいい」テメレアが言った。「それに、あなたに読んでもらうのが好きなんだ。もうひとつ、読んでくれない？　雨を降らすドラゴンの話がいいな。日照りのとき、海から水を運んできたドラゴンの話、あれはどう？」

その書物に収められているのは、どれも神話にちがいなかった。だが、エドワード卿は伝承のなかから事実に基づくと思われる部分をドラゴン学の最新知識によって選り分け、翻訳におびただしい注釈を加えていた。ローレンスとしては、オリエンタル種に並々ならぬ情熱を傾けるエドワード卿ならではの誇張が交じっているような気がしたが、ともあれ、この奇想天外な物語の数々が、すばらしい効果を発揮した。テメレアが、物語に登場する同胞ドラゴンたちの優れた能力に憧れ、自分もそうなりたいと、ふたたび訓練に打ちこむようになったのだ。

エドワード卿の書物は、ほかにも思わぬところで役立った。本が届いてほどなく、テメレアの外見に、ほかのドラゴンとは異なる特徴が新たに出現した。顎のあたりに巻きひげがまばらに生え、顔を取り巻くしなやかな角状の突起のあいだに、繊細なレースの襟《えり》のような冠翼《かんよく》が形成されたのだ。冠翼はフリルの襟《えり》飾りにも似て、テメレアの容姿に優雅な品格を添えた。ただし、けっして似合わないわけではないが、この冠翼が集団のなかでテメレアをいっそう異形《いぎょう》の存在にすることも否めなかった。もし、エドワード卿の本の口絵に、同じ冠翼を持つ中国の偉大なるドラゴン、〝黄皇帝〟の肖像の銅板画がなかったとしたら、テメレアはまたも仲間のドラゴンと自分を隔てる徴《しるし》が生じたことに、鬱々《うつうつ》となっていたかもしれない。

テメレアは容姿の変化を気にしていた。冠翼が出現してまもないころ、ローレンスは、テメレアが自分の姿を湖面に映し、頭をさまざまな角度に傾げては眺め、目玉を頭上に向けて直に冠翼のようすを確かめようとしているところを目撃した。

「おいおい、そんなことばかりしていると、うぬぼれの強いやつだと思われてしまうぞ」ローレンスは竜の巻きひげに手を伸ばし、やさしく撫でた。「似合うじゃないか。あまり考えこむなよ」

テメレアがハッと小さな声をあげ、撫でられているほうに頭を傾けた。「なんか変な感じ……」

「痛むのかい？　刺激に敏感なのかな」ローレンスはすぐに手を止めた。テメレアにはあえて言わなかったが、中国のドラゴンの物語を読んだとき、中国種のドラゴン――少なくともインペリアル種とセレスチャル種――は、国家存亡のときを除いて、ほとんど戦いに赴かないことに気づいていた。これらの種は、戦闘能力よりも、たぐいまれなる美しさと知性を珍重されていた。もしも中国人がそのような資質を最優先して改良を加えたのだとしたら、戦闘時に弱点となるかもしれない巻きひげの敏感さを見過ごしていたとしても不思議ではない。

テメレアが、頭をローレンスにそっとこすりつけて言った。「ううん、ぜんぜん痛くない。ね、また撫でてくれない？」ローレンスは慎重にまた撫でてみた。すると、テメレアが奇妙なうなりを発し、ぶるぶるっと身を震わせた。「こうされるの、大好き」焦点の定まらないとろんとした眼つきになり、まぶたが落ちかける。

ローレンスは、はっとして手を引っこめた。「ちょっと、待ってくれ」大いにとまどって周囲を見まわし、ドラゴンも飛行士もいないことに感謝した。「ケレリタスに言っておいたほうがよさそうだな。どうやら、きみは最初の発情期《シーズン》を迎えたみたいだ。ひげが生えたときに気づくべきだったよ。成竜になる日が近いってことだ」

テメレアは眼をぱちくりさせた。「ふふん、そういうことなのか。でもね、撫でるの、やめないでくれる?」哀れを誘う声で訴えた。

「それは、けっこう」ローレンスがテメレアの変化について報告すると、ケレリタスは言った。「ほかに控えの竜がいないので、当分のあいだは、彼を交配させるわけにはいかない。しかし、それでも喜ばしい知らせだ。わたしは成長しきっていないドラゴンを戦場へ送り出すのが心配でならないのだ。繁殖家に知らせておこう。理想的な異種交配をじっくりと考えてくれるだろう。われらが英国産ドラゴンにインペリアル種の血が交じれば、大いなる恵みがもたらされるにちがいない」

「なにか方法はあるのでしょうか。その、緩和するというか、軽減するというか……」ローレンスは口をつぐんだ。あからさまな言い方をとらずに、この質問をするにはどんな言葉を選べばいいのだろう？

「まずは、ようすを見よう。だが、心配するな」ケレリタスはさらりと言った。「われわれドラゴンは、馬や牛とはちがう。自制できるものだ。少なくとも、人間と同じくらいには」

ローレンスは胸を撫でおろした。もしかすると、リリーやメッソリアなどの雌ドラゴンに、テメレアを近づけてはならないのではないかと案じていた。ただ、ドゥルシアなら、テメレアが興味を持つ異性として、体が小さすぎるのではないかと思っていたが……。ところが、テメレア自身は、どうやら彼女らに特別な興味を持ってはいないようだった。ローレンスは一度か二度、それとなくテメレアに尋ねてみたが、テメレアのほうがその質問に当惑していた。

それでも、さまざまな変化が少しずつあらわれた。まず、朝は起こさなければ起きなかったテメレアが、早朝から目覚めていることが多くなった。食事のとり方が変わり、前ほど頻繁に食べなくなった。その分、一度に腹におさめる量が増え、大量に食べると、二日間くらいは、まったく食べなくても平気でいられるようになった。

ローレンスは最初、テメレアが食事の優先権を与えられていないことを不快に思い、あるいは、ドラゴンたちから変わった容姿をちらちらと見られるのがいやで、あえて食べずにいるのではないかと心配した。が、ある劇的なできごとによって、それが杞《き》憂《ゆう》だったと判明した。

冠翼が生えてから一か月足らずのころだった。その日、ローレンスは、テメレアを採食場《フィーディング・グラウンド》に行かせ、自分はドラゴンの集団から離れたところで、ようすを観察した。まず、いつものようにリリーとマクシムスがグラウンドに呼ばれた。だがこの日は、もう一頭のドラゴンがいっしょに食事することを許可されていた。そのドラゴンはローレンスがはじめて見る種で、半透明の象牙《ぞうげ》色の翼にオレンジ色、黄色、茶色の縞《しま》が交じり、大理石模様をつくっていた。大型種だが、テメレアより小さいようだ。

基地のほかのドラゴンが場所をあけ、三頭がグラウンドにおりていくのを見守った。だが意外にも、テメレアが低いうなりを発した。甘えるときの低い音とは明らかにちがった。喉の奥から絞り出すような、十二トンのウシガエルならこんなふうに鳴くのではないかと思わせる、低いうなりだった。テメレアは呼ばれてはいなかったが、三頭のあとにつづいてグラウンドにおりた。

ローレンスには距離がありすぎて牧夫たちの表情までは見えなかったが、囲いのあたりで右往左往する人影から、彼らが驚いているのがわかった。すでに一頭目の牛に襲いかかっているテメレアを追い払う役目など、誰も引き受けたいとは思わないだろう。リリーとマクシムスは、テメレアの参入に異を唱えなかった。新入りは、これが異例の事態だとさえ気づいていない。しばらくすると、牧夫たちが新たに数頭の牛をグラウンドに放ち、これで四頭とも腹いっぱいに食べられるようになった。

「すばらしいドラゴンだ。あなたのドラゴンなのですね?」ローレンスは振り返った。話しかけてきたのは、見知らぬ男だった。厚いウールのズボンと、ごくふつうの民間人のコート。どちらにもドラゴンのうろこによるとおぼしき痕《あと》があり、飛行士かその配下の士官だと思われた。口調は上品で高貴な生まれを感じさせるが、奇妙なことに、言葉にきついフランス訛《なま》りがあった。ローレンスは、事情が呑みこめずに、とまどった。

その男の横に付き添っていたサットンが前に進み出て、紹介役を務めた。はたして男はフランス人で、名をショワズールといった。

「プレクルソリスとともに、昨夜、オーストリアから着いたばかりです」ショワズールは、下のグラウンドにいる象牙色に大理石模様のドラゴンを指さした。プレクルソリスは、三番目の獲物に襲いかかるマクシムスが飛び散らせる血しぶきをうまくかわしながら、上品に羊を片づけている。

「ショワズールは、われわれによい知らせを持ってきてくれた。彼自身はこんなに浮かない顔をしているのだがね」サットンが言った。「オーストリアが戦争の準備に入ったそうだ。ふたたびナポレオンと一戦を交えるつもりらしい。おそらく早晩、やつの関心はイギリス海峡からライン川方面に移ることだろう」

ショワズールが言う。「英国の方々の希望をくじいたり、取り越し苦労をさせたりするのは本意ではありません。しかし、オーストリア軍に勝算があるとは、わたしにはとても思えないのです。どうかお気を悪くされませんように。わが祖国で革命が起きたとき、寛大にもオーストリア空軍は、わたしとプレクルソリスに避難所を提供してくれました。そのときの恩義を深く感じつつも、あえて言うのですが、オーストリアの大公たちは愚か者ばかり。能力ある将官たちの意見をまったく聞こうとしません。軍神と謳《うた》われる男と戦おうとしているフェルディナンド皇子しかり。ナポレオンがフランス軍を率いた〈マレンゴの戦い〉を、エジプト遠征を思い出せばよい！　フランスと戦おうなんて、愚の骨頂だ」

「〈マレンゴの戦い〉は、フランスにとってさほどの大勝利でもなかったと聞いている」サットンが言った。「もし、オーストリア軍がヴェローナより送りこんだ空軍第二師団がもう少し早く激戦のマレンゴに到着していたなら、勝利の女神はオーストリアにほほえんでいたかもしれない。フランスの勝利は、運に味方されただけじゃないかな」

ローレンスは、ここで口をはさむほど陸の戦いに通じているわけではなかったが、サットンの言い分にはかなり虚勢が交じっているように思われた。運も実力のうちだ。ローレンスの見るところ、ナポレオン・ボナパルトは、どの将軍よりもずば抜けて運を引き寄せる力を持っていた。

ショワズールは軽くほほえむだけで、異論を唱えなかった。「もしかしたら、わたしは危惧しすぎているのかもしれません。しかしその危惧ゆえに、わたしはここへ来ました。フランスに敗北を喫したオーストリアで、亡命者はもはや安全とは言えないのです。プレクルソリスのような貴重なドラゴンを連れ出してしまったことで、わたしは、かつて所属していたフランス空軍から激しい怒りを買っています」ショワズールは、ローレンスのまなざしの問いかけに答えて言った。「友人が警告してくれたのです。もしフランスがオーストリアを破ったなら、ナポレオンは亡命者の引き渡しを求めるにちがいない。そして、国家反逆罪でわれわれを裁判にかけるつもりだ、と。そこでやむにやまれず、わたしとプレクルソリスはオーストリアを抜け出し、英国の寛大なご厚意により、こちらに身を寄せることになりました」

ショワズールは感情を抑えて身の上を語った。しかし、その目の周囲には深いしわが刻まれ、亡命後の苦労がうかがえた。ローレンスは同情をもってショワズール見つめた。彼のようなフランス人を何人か知っていた。革命後にフランスから逃れ、イングランドの地で無聊《ぶりょう》をかこつ、元フランス海軍士官たちだ。つらく、うら哀しい境遇であることは間違いない。もしかしたら、土地も財産も投げ出して命からがら逃げてきた貴族たちより悲惨かもしれない。なぜなら、彼らは祖国が戦をしているのを漫然と傍観するほかなく、イングランドで祝われる勝利は、すべからく自分がかつて所属していた軍の苦い敗北なのだから。

「英国が稀《まれ》なる厚意を見せるのも、納得がいくというものだ。あのようにみごとなシャンソン・ド・ゲール〔戦いの歌〕種のドラゴンを英国航空隊に取りこめるとあってはな」サットンがかなりきわどい発言を悪びれることもなく言った。「重量級ドラゴンをあそこまで鍛え抜くのは、なまなかなことじゃない」

ショワズールは感謝の一礼をして、愛情深いまなざしで自分のドラゴンを見おろした。「プレクルソリスのことを褒《ほ》めてくださって、うれしく思います。しかし、あなたがたは、すでにすばらしいドラゴンをお持ちだ。あのリーガル・コッパーは並はずれて大きいですね。だが、あの角からすると、まだ成長しきっていないようだ。それに、キャプテン・ローレンス、あなたのドラゴンは、新種なのですか？ あんなドラゴンは見たことがない」

「あれは、なかなか見られるもんじゃありませんよ」サットンが言った。「地球をぐるりと半周しなければ」

「インペリアル種。中国産のドラゴンなのです」ローレンスは、自慢してはならないという自戒と、打ち消しがたい喜びに心を引き裂かれながら言った。ショワズールは一瞬驚いた表情を見せたが、行儀よくすぐに引っこめた。しかし、ローレンスは彼の一瞬の驚きように、深い満足感を味わった。だがテメレアを手に入れたいきさつを語るとなると、とたんに気詰まりになった。なにしろあの卵は、拿捕《だほ》したフランス艦から奪ったものなのだから。

しかし、ショワズールはそんな状況にも慣れているのか、なにも言わず、おだやかに耳を傾けていた。サットンはベテラン飛行士に亡命されたフランスの損失についてまだ語り足りないようすだったが、ローレンスは好奇心を抑えきれず、この基地でなにをするのかとショワズールに尋ねた。

「ここでは、編隊飛行の訓練を行っているそうですね。わたしはプレクルソリスとともに、その訓練に加わる予定です。交替要員として控える可能性もあります。ケレリタスから、大型ドラゴンの編隊飛行の訓練に、助っ人として参加するよう求められたのです。わたしとプレクルソリスはずっと編隊に加わってきました。そう、十四年近く――」

羽ばたきの音が騒がしくなり、会話が中断された。食事を待っていたドラゴンたちがグラウンドに呼ばれ、一斉に舞いおりていった。入れ替わりに、食事を終えた四頭のうちテメレアとプレクルソリスが飛んできて、ローレンスたちに近い手ごろな岩棚におりようとした。ローレンスは、テメレアが年上のドラゴンに歯を剝き出し、冠翼を逆立てるのを見て、びっくりした。「ちょっと失礼」と断り、離れた場所に移って、テメレアに呼びかけた。テメレアが場所を争い合った岩棚を離れ、自分に近づいてきたことにほっとした。

「あなたのそばに行きたかったんだよ」テメレアがすねたように言い、鋭く細めた眼でプレクルソリスのほうをにらんだ。年上のドラゴンはさっきの岩棚におさまり、ショワズールと低い声で話している。

「彼らはここのお客だ。丁重に場所を譲るべきだったね」ローレンスは言った。「食事の順番についても、きょうのきみは、ひどくいきり立っていた」

テメレアはかぎ爪で地面を掻いた。「あいつは、ぼくより大きくない。ロングウィングでもない。毒噴きでもない。火噴きでもない。この国に、火噴きドラゴンはいないからね。そんなやつが、どうしてぼくより偉そうにしてるんだろう?」

「食事が先になったのは、すごいドラゴンだからではないよ」ローレンスは、テメレアの力の入った前足を撫でた。「食事の順番は習慣的なものだ。きみにも最初のメンバーといっしょに食べる権利はある。だけど、短気はよせ。あのドラゴンとキャプテンは、大陸から逃れてきたんだ。ナポレオンの手に落ちないように」

「ふふん、そうなの?」テメレアの冠翼がゆっくりと首の周囲におさまっていく。さっきよりも興味ありげに、見慣れぬドラゴンのほうを見た。「でも、彼らはフランス語をしゃべってるよ。フランス人なのに、なんでナポレオンを怖がるの？」

「王党派だからさ。ブルボン王家の支持者だった。ジャコバン派が王を処刑したあと、祖国を捨てて逃れてきたんだろう。ジャコバン派独裁期のフランスは、それはひどい状態だったと聞いているからね。ナポレオンは敵対者の首をはねるようなことはしないだろうが、王党派にとっては恐怖の対象だ。彼らは、わたしたち以上にナポレオンを忌み嫌っているようだな」

「そうか、失礼なことをしちゃったかもしれないね」テメレアがつぶやき、首を伸ばして、プレクルソリスに呼びかけた。「失礼があったならどうかお許しを《ヴィエ・メクスキュゼ・シ・ジュ・ヴゼ・デランジェ》」ローレンスは仰天した。

プレクルソリスがテメレアを振り返った。「いいえ、まったくそんなことは《メ・ノン・パ・デュ・トゥ》」おだやかに言い、軽く一礼して付け加える。「わたしのキャプテン・ショワズールをご紹介します《ベルメテ・ク・ジュ・ヴ・プレザン・ショワズール・モン・キャピテン》」

「こちらは、ローレンス、ぼくのキャプテンです《エ・ヴォワシ・ローレンス・ル・ミエン》」テメレアが答え、「ローレンス、お辞儀《じぎ》して」と、突っ立っているだけのローレンスに声を潜《ひそ》めて言った。

ローレンスはすぐに片足を後ろに引いて、正式な作法どおりのお辞儀をした。しかし、食後の水浴びをするために湖に行くと、湧きあがる好奇心を抑えきれずにまっ先に尋ねた。「いったいどうしてまた、きみはフランス語が話せるようになったんだい?」

テメレアが振り返って言った。「どういうこと? フランス語を話すのってふつうじゃないの? とくに、むずかしいことじゃないけど」

「驚いたな、まったく。きみはこれまで、フランス語に触れたことがなかったはずだ。わたしのフランス語は、〝ボンジュール〟がやっとなんだから」

「彼がフランス語をしゃべると聞いても、わたしは驚かない」ケレリタスは同じ日、訓練場でローレンスの質問に答えて言った。「むしろ、テメレアがフランス語を話すのを、これまできみが聞いたことがなかったことのほうが驚きだ。テメレアは、殻を割って出てきたとき、フランス語を話さなかったのかね? すぐに英語を話したのかな?」

「英語でした」ローレンスは答えた。「卵から出てきて、あんなにすぐにしゃべることじたいが、驚きでした。あれも、めずらしいことですか?」

「いいや、卵から出てすぐに話すのは、ふつうだ。ドラゴンは卵のなかにいるときに言語を習得する」と、ケレリタスは答えた。「テメレアは、孵化する前の何か月かはフランス艦に乗っていた。だから、フランス語を覚えたとしても、ちっとも不思議ではない。むしろ英国艦に移されて、一週間そこそこで英語を覚えたほうが驚きだ。流暢《りゅうちょう》にしゃべったのかな？」

「ええ、最初から流暢に」ローレンスは言った。テメレアのたぐい稀なる才能をまたひとつ見つけたことがうれしかった。

「きみには驚かされっぱなしだよ」テメレアのもとに戻ったとき、誇らしい気持ちで、竜の首をぽんぽんと叩いた。

しかしそれからも、テメレアはプレクルソリスに苛立ちつづけた。あからさまに敵意を示すわけでも冷淡な態度をとるわけでもなかったが、テメレアがこの年上のドラゴンと同等に扱われるように切望しているのが、はた目にもよくわかった。ケレリタスが、このシャンソン・ド・ゲール種を編隊飛行に加えてからはなおさらだった。

これがわかってローレンスはひそかに喜んだのだが、プレクルソリスの飛行は、テメレアほど優雅ではなかった。しかし、そこにはドラゴンとそのキャプテンの経験の重みを感じさせるものがあり、彼らは編隊飛行のさまざまな飛行法にも習熟していた。テメレアは訓練に打ちこむようになった。ローレンスが夕食を終えて外に出ると、ときには単独で湖上を飛んでいることがあった。かつては退屈だと見なした飛行訓練にふたたび熱が入ったのだ。また一度ならず、夜の読書の時間を練習に充《あ》ててほしいとせがんだ。もしローレンスが止めなければ、テメレアは毎日、体力が尽きるまで練習していただろう。

ついに、ローレンスはケレリタスに助言を求めた。テメレアの熱を冷ます方法はないものか、あるいは、ケレリタスが訓練において二頭のドラゴンを分けるつもりはないのかどうか、尋ねてみた。が、トレーニング・マスターはローレンスの訴えに耳を傾けたあと、落ちつき払って言った。「キャプテン・ローレンス、きみはきみのドラゴンの幸福を、第一に慮《おもんぱか》っている。それはけっこう。しかし、わたしがまず考えねばならないのは、彼を鍛えること、そして、わが航空隊の切迫した状況だ。テメレアはここへきて急速に進歩した、それも非常に高いレベルまで。そうは思わないかね？とりわけ、プレクルソリスがここに来てからは。ちがうだろうか？」

ローレンスは、ケレリタスを見つめ返した。トレーニング・マスターがあえてテメレアに競争心を植えつけていたことを知って、最初は驚いた。が、しだいに腹立たしくなった。「お言葉ですが、テメレアはこれまでもつねに前向きでしたし、最善の努力を重ねてきました」

ケレリタスがフンと鼻を鳴らし、それをさえぎった。「まあ、待ちなさい、キャプテン」いかにもおもしろそうに余裕を見せて言った。「テメレアを愚弄《ぐろう》しているわけではない。むしろ、その賢さゆえに、彼は編隊飛行の戦士向きではない。状況が許すなら、テメレアを戦隊のリーダーか、単独の戦士にしていたかもしれない。しかし、編隊飛行に加わる大型ドラゴンが不足している現状では、彼を既存の戦隊に加えて、機械的反復に慣れさせるしかなかった。テメレアには単純すぎて、集中力を保つのに苦労するだろう。もちろん、こういうことはそうそうあることではない。だが、わたしは以前に見たことがある。だから、その兆候を見逃すようなことはしない」

ローレンスは反論できなかった。確かに、ケレリタスの言うとおりだ。ローレンスが沈黙したのを見とどけ、トレーニング・マスターはつづけた。「退屈するのは自然のなりゆきだ。だが、退屈が高ずれば鬱憤《うっぷん》となる。競争心はそれを回避する妙薬と言えるだろう。テメレアを励まし、褒め、愛情を注いでやることだ。そうしていれば、ほかの雄と多少のいさかいがあっても、苦しむことはない。彼の年頃なら張り合うのは当たり前だ。ただし、相手はマクシムスよりもプレクルソリスのほうがよかった。

なぜなら、プレクルソリスなら、年の功で軽く受け流すだろうからな」

ローレンスは、そこまで楽観的にはなれなかった。ケレリタスは、テメレアがどんなに苛ついているかをわかっていない。ただ、利己的な視点からのみ事態を見ていたことも否めない。ローレンスとしては、テメレアが追いつめられていくのを見たくはないが、それが求められていることもわかっていた。そう、みながそうしてきた。

この緑豊かな静かな北の地にいると、英国が重大な危機に直面していることを忘れそうになった。ヴィルヌーヴ率いるフランス艦隊は、なおも行方をくらましている。ネルソン提督の艦隊が西インド諸島まで追ったが、結局は逃げられて、いまは大西洋を追跡中だという。ヴィルヌーヴとしては、フランス西端のブレスト軍港に待機する艦隊と合流し、ドーヴァー海峡の制海権を奪い取ろうという算段なのだろう。ナポレオンはすでにフランス各地の軍港におびただしい輸送艇を配備し、イギリス海峡の英国側の守りが崩れる日を待ちわびている。その隙を突き、大量の兵士を英国本土に送りこもうとしているのだろう。

ローレンスもかつて、長期間の海上封鎖の任務に就いたことがあった。それだけに、敵の姿も見えず、緩慢《かんまん》に同じことの繰り返しがつづく日々のなか、艦全体の士気を維持することがどんなにむずかしいかはよく知っていた。友と親しみ、雄大な景色を眺め、読書し、ゲームに興じる——そんな気晴らしが日々の無聊《ぶりょう》を慰めてくれる。しかし、気晴らしに走りすぎるのも、無聊に蝕《むしば》まれるのと同じぐらいに危険なことなのかもしれない。

ローレンスは一礼して言った。「あなたの意図は理解したつもりです。説明してくださって、ありがとうございました」しかし、テメレアのもとに戻るころには、今後は度を越した訓練によってテメレアを追いつめるようなことがあってはならない、そのためには、競争心からではなく、テメレアが訓練への関心を維持できるような別の方法を模索しなければならないと、考えはじめていた。

かくしてローレンスは、編隊飛行の戦術について、はじめてテメレアに解説する機会を持った。テメレアが訓練に対して少しでも知的な興味をいだいてくれたらと期待したからだった。ところが、テメレアはやすやすと基礎理論を習得し、すぐに真剣な議論が講義に取って代わった。結果的には、これがテメレアだけではなく、ローレンスの気も晴らしてくれた。テメレアと戦術について心ゆくまで議論することが、ふだん飛行士たちが討論しているとき、新参者ゆえに沈黙してきたことへの充分な埋め合わせになったのだ。

ローレンスは、テメレアとともに自分たちにできる戦術飛行を組み立てたいと考えた。それは、テメレアの並はずれた飛行能力を生かし、なおかつ、スピードでは劣るが組織的で秩序ある編隊の動きに適するものでなければならない。ケレリタスも以前にそのような戦術について語ったことはあったが、ロングウィング種を中心に据えた戦隊の完成が急がれる状況で、それは先送りにせざるをえなかったのだろう。

ローレンスは、古い飛行模型台《フライト・テーブル》を屋根裏から見つけ出し、ホリンの助けを借りて折れた脚を直し、テメレアのいる丘の宿営に設置した。その天板は大きな立体模型になっていて、その上に格子が組まれていた。格子から吊すドラゴンの模型は失われていたが、木を削って色を塗り、代用品を作製した。こうして、実際的な三次元空間を使って戦術の構想を練ることができるようになった。

テメレアは空中の動きを直観的に把握しており、その戦術飛行が実現可能かどうかを即座に判断し、そこで必要とされる動きを解説してみせた。新しい戦術のひらめきは、おおかたはテメレアのほうから出た。ローレンスは、さまざまな隊形の持つ戦闘能力を比較し、持ちうる力を最大限に発揮できるような調整を提案した。

その議論の白熱ぶりが、クルーたちの興味を引きつけた。まずは副キャプテンのグランビーが、ためらいがちに参加してもいいかと尋ね、ローレンスが許可すると、今度は第二空尉のエヴァンズと空尉候補生たちが名乗りをあげた。彼らの訓練と経験の蓄積が、ローレンスとテメレアに不足する現場の知恵を補い、構想をより確かなものにした。

「新しい戦術飛行を提言したいという者たちがほかにもいます」この試みがはじまって数週間後に、グランビーが言った。「夜の自由時間を使って、実践しながら検討するというのはどうでしょう。テメレアに存分に能力を発揮するチャンスを与えられないとしたら、残念なことですから」

ローレンスは、グランビーをはじめとする乗組員が、訓練に熱心なだけではなく、テメレアの能力と有用性が認められることを、自分と同じように願っていると知り、心を動かされた。彼らもテメレアを誇りに思い、支えになりたいと考えているのだ。

「充分な乗組員がそろうなら、明日の夜はどうだろう」と持ちかけてみた。

その夜は、見習い生三人を含むテメレア・チームのクルー全員が、集合時間の十分前に集まった。テメレアとともに日課の水浴びから戻ってきたローレンスは、頼もしく彼らを眺めわたした。急に呼びかけた訓練だというのに、全員が航空隊の制服を身につけ、きちんと整列していた。ほかのチームには、暑気を理由に上着やクラヴァットを身につけない者たちもけっこういるのだが、この部下たちはキャプテンの流儀を尊重してくれている。

ホリンを長とする地上クルーも待機し、興奮して落ちつかないようすのテメレアに、すみやかに戦闘用ハーネスを装着した。これを待って搭乗クルー全員が乗りこみ、搭乗ベルトをハーネスに固定した。

「全員搭乗、ベルト固定完了!」グランビーが、いつものテメレアの右肩の位置について叫んだ。

「よろしい。では、テメレア、快晴時の哨戒《しょうかい》定型パターンを二回、その後、わたしの合図で動きを変えてくれ」ローレンスは言った。

テメレアは眼を輝かせてうなずき、宙に舞いあがった。そして、新しい飛行法の基本パターンをなんなくこなしてみせた。ただし、ローレンスはすぐにある問題に気づいた。テメレアが最後のらせん旋回から抜けだし通常の飛行に戻るとき、乗組員がこの動きについていけないのだ。射撃手は標的を半分はずし、テメレアの脇腹には、訓練時に爆弾代わりに投下する、灰を詰めたずた袋が残したとおぼしき白い灰の跡が付着していた。

「ミスタ・グランビー、自信をもって披露《ひろう》するには、まだ克服すべき課題が残されているようだな」ローレンスが言うと、グランビーは神妙にうなずいた。

「確かに。最初は、スピードをじゃっかん落としてはどうでしょう?」

「ここは考え方も変える必要があるな」ローレンスは、灰の付着したテメレアの脇腹を観察しながら言った。「テメレアが高速旋回しているときに、爆弾を投下するのは無理だ。テメレアが水平になるのを待って一斉に落とすほうがいい。標的を逃せばそれだけ危険は高まるが、そこはなんとかしのごう。テメレアを傷つけてしまっては元も子もないからな」

テメレアが宙で円を描いているあいだ、背側乗組員《トップマン》と腹側乗組員《ベルマン》があわてて準備し、もう一度、同じ飛行パターンで爆弾投下訓練を行った。今度は、脇腹に白い跡を残さず、ずた袋が下に落ちていった。射撃も水平飛行に移るのを待つように徹底したところ、命中率があがった。これを数回繰り返すころには、ローレンスにも満足のゆくレベルに達していた。

「予定量の爆弾をすべて投下し、命中率はおよそ八割。ほかの四つの戦術飛行でも同じレベルを維持できるなら、ケレリタスに提言するだけの価値はあるだろう」地上に戻ってから、ローレンスは言った。すでに乗組員全員がテメレアからおりて、地上クルーが装備を解き、体表についた汚れやほこりを払っていた。「その日もそう遠くはないはずだ。諸君、今回は全員が称賛に値する、みごとな演習だった」

これまでのローレンスは、部下に媚《こ》びているように思われるのがいやで、称賛の言葉を控えてきた。だがこのときばかりは、掛け値なしに褒《ほ》め称《たた》えたいと思い、士官たちが称賛に深く感じ入っているのもうれしかった。みなの心がひとつになって訓練に打ちこめた。ひと月が過ぎると、ローレンスはそろそろこの成果を人前で披露し、意見を聞いてみたいと考えるようになった。そんな折り、チャンスが向こうからやってきた。

「キャプテン、昨夜の飛行法はなかなか興味深かった」ある日、午前中の訓練のあとに、ケレリタスが言った。編隊飛行のドラゴンたちが着地し、搭乗クルーがおりている最中だった。「明朝、みんなの前でやってみせてくれ」ケレリタスはうなずいて挨《あい》拶《さつ》し、全員を解散させた。ローレンスはすぐにチーム全員とテメレアを召集し、披露本番前の最後の練習に取り組んだ。

その日の夜、テメレアは神経を昂《たかぶ》らせていた。クルーはすでに宿舎に戻り、ローレンスとテメレアだけが闇のなかに残って、体を寄せ合い休息をとっていた。

「そんなに苛つくなよ」ローレンスは言った。「明日は、きっとうまくいく。きみは、どの戦術飛行も完璧にこなしている。乗組員も、これ以上の上達は望めないほどだ」

「飛ぶことが不安なわけじゃないんだ。ケレリタスが、そんな戦術は必要ないって言ったらどうなるの?」テメレアは言った。「みんなでがんばってきた時間が無駄になっちゃうよ」

「ケレリタスだって、ぜんぜん評価していなかったら、みんなの前でやれとは言わないんじゃないかな」ローレンスは言った。「それに、訓練に費やした時間が無駄になることなどない。乗組員全員が、自分の任務に関心を持ち、それについて考え、以前よりも技術が向上した。たとえケレリタスが認めなくても、みんなでがんばった夜の時間は有意義なものだった」

テメレアがようやく落ちついて眠りにつくと、ローレンスもその隣でまどろんだ。

九月の初旬だったが、まだ夏の温もりがいくぶん残り、肌寒さは感じなかった。テメレアにはだいじょうぶだと請け合ったが、ローレンス自身が日の出とともに目覚め、胸の内の不安を抑えきれなくなった。テメレアのチームのほとんど全員が、ローレンスと同じように早い朝食をとった。ローレンスは努めて彼らと会話し、食べ物を胃におさめるようにしたが、実のところ、コーヒー以外はなにもとりたくない気分だった。

訓練場のテラスに出ると、テメレアがすでにハーネスを装着し、渓谷を見おろしていた。そのしっぽが落ちつきなく鞭のようにしない、地面を打っている。まだケレリタスの姿はなく、十五分もすると、戦隊のドラゴンたちが一頭、また一頭とあらわれはじめた。そのころには、ローレンスと搭乗クルーはテメレアに乗りこみ、谷をゆっくりとまわっていた。見習い生や空尉候補生たちがピリピリしていたので、彼らを落ちつかせるために持ち場交替の練習をさせた。

ドゥルシアがあらわれ、そのあとにマクシムスがつづき、戦隊のドラゴンがすべてそろった。ローレンスはテメレアを広場に戻した。ケレリタスはまだ姿を見せない。リリーが大きなあくびをした。プレクルソリスは、フランス語が話せるニチドゥスと静かに会話していた。パスカルズ・ブルー種のニチドゥスは、はるか昔、卵の状態でフランスから購入された。戦争がはじまる以前、英仏両国が友好関係にあるときには、そんな交易も行われていたのだ。テメレアは険しい眼でプレクルソリスを見つめていたが、それがかえって緊張から気を逸らすことになるかもしれないと思い、ローレンスはとくに注意しなかった。

鮮やかな翼が視界の隅にあらわれ、頭をもたげると、訓練場の広場に向かってくるケレリタスの姿が見えた。ケレリタスの向こうに、ぐんぐんと遠ざかる数頭のウィンチェスターとグレーリングも見える。彼らはみな異なる方向に散っていくようだ。また、地平線に近いところに、二頭のイエロー・リーパーと、ヴィクトリアトゥスの姿があった。あのパルナシアン種は、まだ戦闘の傷から完全に回復していないはずなのだが……。広場に集まったドラゴンたちに、にわかに緊張が走った。キャプテンたちの話し声が尻すぼみになり、乗組員たちがいったい何事かと黙りこんだところへ、ケレリタスが舞いおりた。

「わが英国軍は、ヴィルヌーヴ艦隊の居場所をついに突き止めた」ケレリタスは、自分の第一声が起こしたざわめきを制するように、声の調子をあげた。「ヴィルヌーヴ艦隊は目下、スペイン南西部のカディス軍港に、スペイン艦隊とともに封じこめられている」ケレリタスが話している最中も、基地の使用人たちが建物からあわただしく荷物や箱を運び出していた。メイドやコックまでもが、この作業に駆り出されている。テメレアは命令を受けなくても、ほかのドラゴンと同じように尻をあげ、四本の足で立った。地上クルーが腹側のネットをはずし、長距離移動用のテントを張る作業を開始した。

「モルティフェルスが先にカディスに向かった。リリーの戦隊には、イギリス海峡のドーヴァー基地へ移動し、モルティフェルスの戦隊の代わりを務めてもらう。キャプテン・ハーコート」ケレリタスがハーコートのほうを向く。「エクシディウムは、まだイギリス海峡にいる。あの竜には八十年の経験がある。リリーには時間の許すかぎり、エクシディウムと訓練をさせるように。また、今回にかぎり、この戦隊の指揮権をキャプテン・サットンに任せる。きみの成績とはなんの関係もない。ただし、きみの訓練期間が短縮されたことを考慮し、経験ある者を指揮官とすることにした」

通常ならば、編隊の先頭に位置するドラゴンのキャプテンが、戦隊全体の指揮官を務めることになる。しかし、ハーコートは不服そうなようすは見せず、「はい、承知しました」と、ふだんより高めの声で応じた。ローレンスはキャプテン・ハーコートに同情した。リリーが思いがけなく早い孵化を迎えたために、彼女は飛行士としての訓練期間を早く切りあげて、キャプテンにならざるをえなかった。そしておそらくは今回がはじめての実戦への参加か、それに近いものであるにちがいない。

ケレリタスが、ハーコートに承認のうなずきを送った。「では、キャプテン・サットン、何事もできるかぎり、キャプテン・ハーコートと協議するように」

「承知しました」すでにメッソリアに騎乗したサットンが、ハーコートに一礼した。

荷積みが終わると、ケレリタスが竜ハーネスを一頭ずつ確認した。「いいだろう。マクシムスから荷積みと装備の確認を」

ドラゴンが一頭ずつ後ろ足立ちになり、羽ばたいて体を震わせ、装備がゆるんでいないことを確かめた。ドラゴンたちの羽ばたきが、広場に激しい風を巻き起こす。ドラゴンが一頭ずつ、前足をおろし、つぎつぎに報告していった。「準備万端異常なし！」

「地上クルー、乗りこめ」ローレンスは、ホリンの率いるチームが、腹側テントに乗りこみ、長時間の飛行に備えて、搭乗ベルトを固定するのを見守った。腹側から準備完了の信号が出ると、ローレンスは士官見習いの信号手、ターナーにうなずいて合図した。ターナーが緑の旗を振った。マクシムスとプレクルソリスの信号手も、少し遅れて、それぞれの緑の旗を振った。小型のドラゴンたちはすでに待機している。ケレリタスが尻を落としてすわり、全員を眺めわたした。「さあ、行け」命令はそれだけだった。

出陣の儀式も予行演習もなかった。キャプテン・サットンのチームの信号手が〝戦隊上昇せよ〟と旗で伝えた。ドラゴンたちが空に舞いあがった。テメレアも勢いよく飛び立ち、マクシムスの隣についた。北西の風はほぼ追い風だった。雲を突き抜けてさらに高みへ上昇すると、水平線から昇る朝日がローレンスの目に飛びこんできた。

第三部

9 歴戦の女飛行士

弾丸がローレンスの髪を乱し、頭のすぐ横をかすめていった。敵に応戦する銃撃音が背後から響いた。テメレアが宙でフランスのドラゴンとすれすれに交差した。すれちがいざまにかぎ爪で切りつけ、藍色《あいいろ》の体に熊手で掻いたような傷を残すと、敵の攻撃からしなやかに身を返し、うまく逃げきった。

「フルール・ド・ニュイ〔夜の花〕種です、あの色からすると」髪を風に波打たせ、グランビーが叫んだ。吼《ほ》えながら遠ざかった藍色のドラゴンが、再攻撃に備えて体勢を立て直していた。空兵が腹の近くまでおりて、止血を試みているのが見える。傷は飛行に支障をきたすほどではないようだ。

「ミスタ・マーティン！」ローレンスは大声で叫んだ。「閃光粉《せんこうふん》の準備だ！　つぎの接近でお見舞いしよう」敵のドラゴンは見るからに凶暴そうな、たくましい体つきだった。しかし夜行性ドラゴンの常として、その眼は突然のまぶしい光に弱い。「ミスタ・ターナー、仲間に閃光粉警告信号を送れ！」

メッソリアの信号手から了解の合図がすぐに返ってきた。イエロー・リーパー種のメッソリアは、編隊の先頭に攻撃を仕掛けようとする敵の中型ドラゴンと戦っていた。

ローレンスはテメレアの首に手を伸ばし、注意を引きつけて叫んだ。「フルール・ド・ニュイに閃光粉を浴びせる。この位置を保って、合図を待て」

「わかった」テメレアが答えた。声がうわずり、体が興奮で震えている。

「落ちついていけよ」ローレンスはひと言添えずにいられなかった。フルール・ド・ニュイの体に刻まれた傷痕からは、相当な実戦経験がうかがえる。テメレアが自分の能力を過信すれば、ひどい怪我《けが》を負わされることにもなりかねない。

フルール・ド・ニュイが矢のようにまっすぐ飛んできた。編隊を散りぢりにしようと、またしてもテメレアとニチドゥスのあいだに突っこむつもりだ。どちらかに傷を負わせて、リリーを攻撃しやすくしたいのだろう。サットンから新たな指令が出た。全ドラゴンが方向転換し、リリーがフルール・ド・ニュイを攻撃しやすい隊形をつくれと言っている。しかし隊形が整う前に、フランス空軍でも最大級のドラゴンであるフルール・ド・ニュイがつぎの攻撃を開始した。

「閃光粉、構えろ！」ローレンスは、メガホンを使って命令した。藍と黒の縞を持つ、たくましいドラゴンが吼《ほ》えながら近づいてきた。ここまでスピード感のある戦闘をローレンスは経験したことがなかった。海軍ならば銃撃戦が五分間はつづく。だが空中戦における交戦時間は一分間もない。そして、あっという間につぎの交戦がはじまる。フルール・ド・ニュイが、今度はニチドゥスに接近した。テメレアのかぎ爪による攻撃を敬遠したにちがいない。小型のパスカルズ・ブルー種であるニチドゥスは、大型ドラゴンに体当たりされては、ひとたまりもないだろう。「ぎりぎりまで左に寄れ。やつに近づけ」ローレンスはテメレアに叫んだ。

　テメレアは即座に反応した。大きな黒い翼をさっと傾かせ、フルール・ド・ニュイに近づいていく。敵の大型戦闘竜にはテメレアほどの敏捷性はなく、がくっとスピードを落とし、反射的にテメレアのほうを見た。その乳白色の眼を視界に捕らえた瞬間、ローレンスは叫んだ。「いまだ、閃光粉に着火！」

　その瞬間、ローレンスは目をきつく閉じた。それでも、まぶたの裏にすさまじい閃光が炸裂《さくれつ》した。フルール・ド・ニュイが苦悶の叫びをあげる。目をあけると、テメレアがふたたび敵の腹に切りつけていた。射撃手が敵の腹側乗組員《ベルマン》目がけて銃火を放った。「テメレア、編隊の位置を保て！」ローレンスは叫んだ。敵との戦いに集中しすぎて、編隊から距離があいていた。

テメレアが激しく羽ばたき、編隊の定位置に戻った。サットン配下の信号手が、緑の旗を出した。編隊の輪が収縮し、全ドラゴンが方向転換し、その先頭でリリーが顎を大きく開き、シューッと威嚇《いかく》の声を発した。フルール・ド・ニュイは、まだ眼の見えない状態で飛んでおり、空兵が、噴き出す竜の血を必死で止めようとしていた。

「上空！　上空に敵！」マクシムスのチームの見張りが、空を指さして懸命に叫んでいた。その金切り声を掻き消すように、咆吼《ほうこう》がとどろき、一頭のグラン・シュヴァリエ〔大騎士〕が急降下してきた。ドラゴンの水色の腹が厚い雲の色と溶け合って、見張りの目を欺《あざむ》いていたのだろう。敵はかぎ爪を大きく開き、リリーを狙った。グラン・シュヴァリエの体は、リリーの倍近くある。重量ではおそらく、マクシムスをも上まわる。

メッソリアとイモルタリスが突然の急降下をはじめたのを認めて、ローレンスははっと思い当たった。これが、以前ケレリタスから警告された、緊急時の反射行動にちがいない。敵が上空から急接近したとき、パニックを起こし、反射的に逃げてしまうドラゴンがいると聞いたことを思い出す。ニチドゥスはさっと身を引いたが、すぐに姿勢を立て直した。ドゥルシアは彼女の位置を保った。一方、スピードを出していたマクシムスは敵を追い越して編隊から離れてしまい、リリーは本能的な警戒心からぐるぐると旋回した。編隊が混乱状態に陥り、リリーが無防備で危険な状態にさらされていた。

「銃を構えろ！　狙え！」ローレンスは声を張りあげ、テメレアに必死の合図を送った。が、命ずるまでもなく、テメレアは一瞬のホバリングののちに、リリーの救出に向かった。グラン・シュヴァリエはテメレアの攻撃を完全には避けきれないとしても、その前にリリーにかぎ爪で切りつけるはずだ。ここでリリーに致命傷を負わせてはならない。彼女に反撃するチャンスを与えなければ——。

フランスの四頭のドラゴンが集まってきた。テメレアはスピードをつけてペシュール・クローネ〔冠を頂く漁師〕の爪をかわし、グラン・シュヴァリエがリリーの背に襲いかかる瞬間、かぎ爪を開ききり、体当たりをかました。

リリーが苦痛と怒りに身をよじり、甲高い悲鳴をあげた。三頭のドラゴンがもつれ合い、翼を激しく打ち合い、爪を立て、切りつけ合う。リリーは上に向かっては噴射できない。いまは少しでも早くリリーをシュヴァリエの爪から解放しなければならないが、テメレアはシュヴァリエよりも体が小さく、思うように目的を果たせない。巨大なドラゴンの爪がリリーの肉に深く食いこんでいる。リリーの空兵が斧を手に、鋼《はがね》のように硬いかぎ爪を叩き切ろうとしている。

「爆弾を上に投げろ！」ローレンスはグランビーに叫んだ。ただし、爆弾をシュヴァリエの腹に命中させなければ、リリーかテメレアかを傷つけることになる。

テメレアはがむしゃらに攻撃をつづけていた。が、ある時点で、ぐうっと息を吸いこみ、脇腹をふくらませた。つぎの瞬間、打ち震える胸郭《きょうかく》の内部からすさまじい咆吼《ほうこう》があがった。その音はローレンスの耳をつんざき、グラン・シュヴァリエが苦痛で体を痙攣させた。マクシムスの吼える声も聞こえたが、グラン・シュヴァリエの巨体にはばまれて姿は確認できなかった。咆吼の攻撃が効いたのか、グラン・シュヴァリエはしわがれたうめきとともにかぎ爪を開き、リリーを解放した。

「離れろ！」ローレンスは叫んだ。「テメレア、いったん離れて、こいつとリリーのあいだに入れ！」テメレアが命令を受けて高度を下げた。リリーがうめき、血を流し、みるみる高度を下げていた。とりあえずシュヴァリエは追い払ったものの、ほかの敵ドラゴンがまだリリーを狙っていた。リリーが高度を上げてチームが戦闘態勢を取り戻すまで、この危機的状況はつづくだろう。キャプテン・ハーコートがなにか命令を叫んだが、ローレンスにはその内容までは聞きとれなかった。突然、リリーの腹側の装具がはずれ、雲の海に投げられた漁網のように落下していった。爆弾も、備品も、荷物もすべてが放り出され、イギリス海峡の波間に消えた。リリーの乗組員たちは主ハーネスにしがみついている。

こうして身軽になったリリーは、ぶるっと身を震わせ、力を振り絞って羽ばたき、ふたたび上昇を開始した。傷には白い繃帯で止血がほどこされているが、ローレンスには遠目にも、その傷が縫合を要するほど深いものだとわかる。上空ではグラン・シュヴァリエにマクシムスが襲いかかり、一対一の戦いをはじめていた。ペシュール・クローネとフルール・ド・ニュイがほかの中型ドラゴンとくさび形の編隊をつくり、またもリリーに襲いかかろうとしていた。テメレアはリリーの上空の位置を保ち、威嚇《いかく》のうなりをあげ、かぎ爪を開いた。しかし、リリーの上昇速度はあまりに遅い。

味方のドラゴンたちは最初の動揺から立ち直っていたが、編隊全体にはまだ秩序が戻らず、戦いはしだいに乱闘の様相を呈してきた。キャプテン・ハーコートは、リリーのことだけでせいいっぱいだ。下方では、最後に登場した敵ドラゴン、ペシュール・レイエ〔縞のある漁師〕とメッソリアが戦っていた。敵は明らかに、サットンがこの戦隊の司令官だと見抜き、メッソリアを引き離そうとしている。苦々しくも巧みな戦術だった。新参者のローレンスにはなんの指揮権もないが、サットンに代わって自分がなにかしなければならないときだと感じた。

「ターナー!」と呼びかけ、士官見習いの信号手の注意を引きつけた。ところが、ローレンスが全体への命令を発する前に、味方のドラゴンたちが旋回しながら集まりはじめた。

「キャプテン、信号が出ています。〝リリーを囲め〟と」ターナーが叫んだ。

ローレンスは、信号手の指さすほうを振り返った。フランスからの亡命ドラゴン、プレクルソリスが、いつものマクシムスの位置につき、チームの信号手が手旗を振っていた。ショワズールと彼の大型ドラゴンは、リリーの戦隊に属さないため、スピードの制限を受けずにかなり先を飛んでいた。しかしチームの見張りがこの戦闘を見つけ、急いで引き返してきたのだろう。ローレンスはテメレアの肩を叩き、味方からの信号に注意を促した。「見えてるよ」テメレアが叫び返し、すぐに宙返りで方向を変えて、戦隊の定位置に戻った。

　また新たな信号が発せられ、ローレンスはそれに従って、テメレアを仲間のドラゴンにさらに近づけた。ニチドゥスもさらに中心に寄った。こうして編隊のドラゴンどうしの距離が縮まり、メッソリアが抜けた隙間が埋まった。〃戦隊、上昇せよ〃――また新たな信号が発せられた。仲間のドラゴンに囲まれて、リリーは気力を奮い起こし、上昇を開始した。羽ばたきに前より力強さが戻っていた。流血もようやく止まったようだ。集団でリリーに突っこむのは無理だと見切ったのか、敵の三頭のドラゴンが分散した。リリーを囲む戦隊は、あと少しでシュヴァリエとマクシムスが戦っている高度まで到達しようとしていた。

　プレクルソリスからまたも信号が発せられた――〃マクシムス、敵から離れろ！〃。マクシムスは、グラン・シュヴァリエに接近し、銃撃戦をつづけていた。巨大なリーガル・コッパーは指令を受け入れ、これを最後と、グラン・シュヴァリエに挑みかかり、かぎ爪で大きく切りつけた。が、タイミングが一瞬、早すぎた。リリーを囲む編隊は高度を上げきっておらず、リリーはグラン・シュヴァリエに強酸を浴びせかけるチャンスを逃した。

グラン・シュヴァリエのクルーが危機を察して、竜を上昇させはじめた。フランス語で叫び合う声が上空から聞こえてくる。グラン・シュヴァリエは満身創痍《まんしんそうい》だが、その大きさゆえにどれも致命傷には至らず、リリーよりスピードを上げて上昇していく。ショワズールから〝戦隊はいまの高度を維持せよ〟の信号が出され、全員がグラン・シュヴァリエの追跡をあきらめた。

敵ドラゴンたちは戦隊とは距離をおき、大きな輪を描きながら、つぎの攻撃の機会を狙っていた。だが突如として、彼らが一斉に方向転換し、北東に向かいはじめた。メッソリアと戦っていたペシュール・レイエもだった。テメレアの見張りが声を張りあげ、南を指さした。ローレンスが南を見やると、ものすごい早さで十頭のドラゴンが近づいてくるのが見えた。その群れを先頭で率いているのはロングウィングで、英国航空隊の信号旗が打ち振られていた。

その先頭のロングウィングこそ、まさしく英国航空隊の主力ドラゴン、エクシディウムだった。ドーヴァー基地までの道のりは、この雄のロングウィングが率いる戦隊に誘導された。大型のチェッカード・ネトル種の二頭がリリーを支えて飛んだ。リリーはいくぶん持ち直したものの、首は最後までうなだれたままだった。なんとか着地はしたが、震える足で体を支えるのがやっとで、クルーが全員おりたとたん、地面にくずおれた。キャプテン・ハーコートが泣きじゃくってリリーの頭を撫でながら、愛情あふれる言葉で励ました。すでに竜医たちによる手当てがはじまっていた。

ローレンスは、発着場のいちばん端におりるようにテメレアに指示した。負傷したドラゴンたちに、より広い場所を提供するためだ。リリーほどではないが、マクシムス、イモルタリス、メッソリアも、戦闘によって痛々しい傷を負っていた。彼らの苦痛のうめきを聞くのはつらかった。ローレンスは体の震えをこらえて、テメレアのなめらかな首を撫でた。ほかのドラゴンのような怪我をまぬがれたのは、テメレアの俊《しゅん》敏《びん》さのおかげだろう。「ミスタ・グランビー、すぐに装備を解き、荷をおろしてくれ。それから、リリーのクルーに、必要なものがあればこちらから都合すると伝えてくれ。彼らは、荷をほぼなくしているようだから」

「了解」グランビーは答え、すぐに仕事に取りかかった。

ドラゴンたちを落ちつかせ、装具をはずし、食事を与えるころには、到着から数時間がたっていた。幸いにも、このドーヴァー基地は広大で、放牧用地を含めて百エーカーほどの広さがあり、テメレアが体を休める快適で広々とした宿営地がすぐに見つかった。テメレアははじめて戦闘を経験した興奮と、リリーの容体《ようだい》を案ずる気持ちのあいだで揺れ動いていた。いつものような食欲がなく、ローレンスはしかたなく、テメレアの食べ残した肉片を片づけさせた。「明日の朝、牛を狩ればいい。いまは無理に食べなくてもいいよ」と、テメレアに言った。

「ありがとう。ほんとう言うと、あまり食べたくないんだ」テメレアはそれだけ言うと、頭を地面におろし、口のまわりや体を拭いてもらっているあいだ、ひと言も発しなかった。やがて地上クルーが去っていき、ローレンスだけがそばに残った。テメレアのまぶたが落ちそうなので、ローレンスは最初、もう眠ってしまったのかと思った。すると、眼が少しだけあいて、ささやくように尋ねた。「ねえ、ローレンス。いつもこうなのかな……戦いのあとって」

それはどういうことかと聞き直す必要はなかった。ローレンスにはテメレアの疲労と焦燥《しょうそう》がよく理解できた。安心させてやりたかった。しかし、その質問に答えるのはむずかしい。ローレンス自身もいまだ緊張と怒りをかかえていた。もちろん、こんな感情は戦いにつきものなのだが、今回のように持続することは珍しかった。これまでさまざまな戦闘に参加し、生死を分けるような戦いも経験したが、今回の戦いは決定的にこれまでとはちがっていた。敵が攻撃の標的としたのは、ローレンスの艦ではなくドラゴン、いまや自分にとってこの世でいちばん愛しい存在となったドラゴンだった。もちろん、リリーやマクシムスをはじめとする仲間のドラゴンたちの負傷も、冷静には受けとめられなかった。テメレアと同等ではないとしても、他のドラゴンたちも同じ運命を分かち合う戦友なのだ。それに、今回が敵の奇襲であったことも、心に引っかかっていた。

「戦いのあとがつらいのは、ままあることだよ。とくに、仲間が傷ついたり、殺されたりしたときは」ローレンスは、テメレアの問いかけにようやく言葉を返した。「たぶん、今回の戦いは、とくにつらいものだった。われわれにとって、得たものはなにもなかった。そもそも、なにかを得ようとさえしていなかったんだから」

「そうだね、そのとおりだ」テメレアは言った。冠翼が首のまわりにしなだれている。「もっと思う存分に戦えたらよかった。なにかの目的があって、それでリリーが傷ついたのなら、まだましだった。だけど、あいつらはただ、ぼくたちを襲いにきただけ。ぼくたちは誰かを守ったわけでもない」

「いや、それはちがう。きみはリリーを守った。考えてもごらん。敵は狡猾《こうかつ》で、完璧な奇襲攻撃だった。数では互角だったが、経験では敵のほうが上まわっていた。それでも敵と互角に渡り合い、寄せつけなかった。誇るべきことだとは思わないか？」

「そうかもしれない」テメレアは言った。気が落ちついたのか、肩のこわばりがゆるんでいる。「リリーがだいじょうぶだといいね」

「それを祈ろう。手を尽くして治療されている」ローレンスはテメレアの鼻を撫でた。「きみも疲れているだろう。寝てはどうだい？ちょっとだけ、本を読もうか？」

「眠れそうにないよ」テメレアは言った。「だけど、本は読んでほしい。静かに横になって、休みたい」言い終わらないうちに、あくびをした。そして、ローレンスが本を取り出そうとする前に、眠ってしまった。とうとう季節が変わり、ひんやりとした夜気のなかで、テメレアの温かい息がうっすらと白くなっていた。

テメレアをそこに残し、ローレンスはドーヴァー基地の本部棟への道をたどった。ドラゴンにあてがわれた野原を抜ける道には、ランタンが灯《とも》っていた。基地の建物の窓にも明かりがついているので道を誤る心配はない。東風が港から運んでくる潮の香りが、ドラゴンがかすかに放つ温められた銅のような匂い、親しみすぎてふだんは気づくこともない匂いと混じり合っていた。ローレンスがあてがわれた部屋は二階にあり、窓は裏庭に面していた。荷物がすでに運びこまれ、荷を解かれている。乱雑に荷詰めされた衣類がしわくちゃになっていた。ロッホ・ラガン基地の使用人は、飛行士たちよりさらに荷づくりが雑であるようだ。

上級士官用の食堂に足を向けると、遅い時刻にもかかわらず、騒がしい話し声が飛び交っていた。戦隊のキャプテンたちが長いテーブルに集まっている。だが、料理の皿にはほとんど手が付けられていなかった。

「リリーのことで、なにか新しい知らせが?」ローレンスはそう尋ね、バークリーとドゥルシアに騎乗するキャプテン、チェネリーとのあいだに席をとった。キャプテン・ハーコートと、イモルタリスのキャプテン、リトルだけがこの場にいなかった。

「傷は骨まで達していたそうだ。まったく、いまいましい……。わかっているのは、それぐらいだ」チェネリーが言った。「まだ縫合がつづいている。なにも食べないそうだ」

ローレンスは、それが悪い兆候であることを知っていた。怪我を負ったドラゴンは、たとえ激しい痛みがあっても、たいていはがつがつと食べる。「マクシムスとメッソリアは？」それぞれの担い手、バークリーとサットンのほうを見て、尋ねた。

「マクシムスなら、たらふく食べて、あっという間に眠った」バークリーが答えた。ふだんの落ちつきはなく、げっそりとやつれている。ひたいから乱れた髪にかけて血《ち》糊《のり》がすじになっていた。「きょうのきみの動きは、実に俊敏だったな、ローレンス。きみがいなければ、われわれはリリーを失うところだった」

「俊敏だなんて、いやいや」ローレンスは、同意のつぶやきを打ち消すように言った。テメレアの行動は誇らしく思っていたが、自分が褒められたいとはさらさら思わなかった。

「うむ、われわれよりもずっと俊敏だった」サットンが言い、グラスの酒を飲みほした。頬や鼻の赤さからして、最初の一杯ではないようだ。「ちくしょうめ、フランス野郎どもに完璧に不意を突かれた。あいつらはなんでまた、あんなところを哨戒していたんだろう？」

「ロッホ・ラガンとドーヴァーを結ぶ航路は、たいして秘密でもないようだな、サットン」遅れてきたリトルがテーブルに近づきながら言った。みなが椅子を寄せて、テーブルの端に彼の席をつくった。「イモルタリスがようやく落ちついて、食事をしたよ。ところで、こっちも腹が減った。そのチキンをまわしてくれないか」リトルは鶏の丸焼きからもも肉をもぎとって、むしゃむしゃと食べはじめた。

それを見て、ローレンスもこの日はじめて空腹を覚えた。ほかのキャプテンたちも同じだったようだ。それから十分間は、無言で皿をまわしながら食べつづけた。夜明け前、ミドルズブラに近い基地であわただしく朝食をとってから、なにも口にしていなかった。ワインはけっしてうまいとは言えなかったが、ローレンスも数杯を喉に流しこんだ。

「おそらくは、フィーリックストーとドーヴァーのあいだの海上のどこかで、われわれを待ち伏せていたんだろうな」しばらくすると、リトルが口をぬぐって、先刻の話題をふたたび持ち出した。「くそう、もう二度とイモルタリスをあんな目には遭《あ》わせたくない。襲われたくなければ、海上を避けて、陸の上を飛ぶしかないようだな」

「そのとおりだ」チェネリーが強く同意した。「やあ、ショワズール。まあ、すわってくれ」前よりも少し歯切れが悪くなったが、食事室に入ってきた王党派のフランス人キャプテンに席を勧めた。

「みなさん、よい知らせがあります。リリーが食べられるようになりました。わたしはいままで、キャプテン・ハーコートのところにいたのです」ショワズールはそう言って、グラスを掲げた。「では、リリーとハーコートの健康を祝して——乾杯をよろしいですか？」

「いいぞ、賛成」サットンがグラスにお代わりを注ぎながら言った。全員そろって乾杯した。安堵のため息があちこちから聞こえた。

「みんな、ここに集まっていたのか。なにか食べるものはあるか？　おお、うまそうだな」イギリス海峡師団司令長官であり、ドーヴァー基地のドラゴンたちを統括するレントン空将があらわれた。「いや、いい。立たなくていい」ローレンスとショワズールが挨拶《あいさつ》のために立ちあがり、ほかの者もそれにならおうとすると、レントンは言った。「きょうのような日はとくに。さあ、サットン、ボトルをまわしてくれ。諸君は、リリーが食欲を取り戻したことを、もう知っているのだな？　竜医たちによれば、リリーは短い距離なら二週間ほどで飛べるようになるそうだ。よくやってくれた。きみたちは、敵軍の重戦闘竜を何頭かみごとに叩きのめした。この戦隊に乾杯！」

ローレンスは、ようやく緊張と不安から解放されるのを感じた。リリーもほかのドラゴンも危険な状態から脱したことが、大いなる安堵をもたらした。ワインが喉につかえた堅いしこりを溶かしていく。仲間たちも同じだった。会話の速度が落ち、話題が途切れがちになり、グラスに覆いかぶさるように舟を漕《こ》ぐ者もあらわれた。

「あのグラン・シュヴァリエは、トリウムファリスにちがいありません」ショワズールが低い声でレントン空将にささやいた。「フランスの有するもっとも戦闘力の高いドラゴンの一頭です。あの竜を前にも見たことがあります。たしか、ディジョン基地で。フランス国内ではライン川寄りの基地です。わたしとプレクルソリスがオーストリアへ逃れる直前でした。わたしの最悪の予感が的中したような気がします。ナポレオンは、対オーストリア戦の勝利を確信しているからこそ、あのトリウムファリスをドーヴァー方面に移したにちがいありません。そして、フランスのドラゴンの多くが、ヴィルヌーヴ艦隊の援護に向かっているのではないでしょうか」

「キャプテン、以前ならきみの意見に、そうかもしれないと言ったことだろう。だがいまは、間違いなくそうだ、とうなずくしかない」レントンは言った。「いまは祈るしかない。敵軍のドラゴンがヴィルヌーヴ艦隊にたどり着く前に、わがモルティフェルスがネルソン提督のもとに到着し、務めを果たしてくれることを。もしリリーが命を落としていたら、われわれは、このドーヴァーを守ってきたモルティフェルスの代わりを失うことになった。今回の敵の奇襲攻撃が狙いをリリーに定めたものであったとしても、わたしは少しも驚かない。いかにもあのコルシカ人が考えそうな姑息《こそく》なやり口だからな」

ローレンスは、リライアント号のことを考えずにはいられなかった。目下、あの艦はフランス空軍による総攻撃の脅威にさらされている。ネルソン艦隊の多くの戦列艦が、カディス軍港を海上封鎖するために使われており、フランスのドラゴンがまだ到着していないとしても、海軍時代の多くの仲間がこれから大きな海戦に参加することになるはずだった。彼らから新たな便りがないままに、いったい何人の命が失われることになるのだろうか。この数か月は忙しさに追われ、手紙を書いていなかった。いまになって、友への返信を怠っていたことを深く後悔する。

「カディス港を封鎖している艦隊から、なにか新しい知らせは届いていますか？」

ローレンスは尋ねた。「戦闘はまだ起きていないのでしょうか」

「それについてはなにも聞いていない」レントンが言った。「ああ、そうか。きみは海軍出身だったな。伝えておこう。負傷したドラゴンたちが回復するまで、ほかのドラゴンには、〝海峡艦隊〟〔イギリス海峡を守る艦隊〕のために哨戒活動を行ってもらうことにした。旗艦《きかん》におり立ち、新しい情報を持ち帰ることも任務とする。艦の者たちも喜ぶだろう。なにしろ、この一か月ほど艦隊に郵便物を届ける役目を担う者が見つからなかったのだから」

「では、明日から行きますか?」チェネリーが言った。あくびを噛み殺したつもりだろうが、成功したとは言いがたい。

「いや、明日はまだいい。ドラゴンの面倒を見て、たっぷりと休んでくれ」レントンはそう言うと、しゃがれた声で笑った。「あさっての夜明けには、きみたちを寝床から引きずり出してやる」

翌朝、テメレアは遅くまでぐっすりと眠っていた。そのおかげでローレンスは、朝食後の数時間を自分のために使うことができた。朝食の席でいっしょになったバークリーとともに、マクシムスのところまで歩いていった。このリーガル・コッパーはまだ食事中で、羊をつぎつぎに呑みこんでいた。ふたりが近づくと、口をもぐもぐさせて挨拶した。

バークリーは、かなり怪しげなワインのボトルを持ち出してきていた。彼はそれをほとんど自分で飲み、ローレンスも少しだけ飲んだ。ふたりで地面に線を引き、小石をドラゴンに見立て、前日の戦闘についてもう一度検討した。「グレーリング種のような小型ドラゴンが一頭いるといいんだがな。そうすれば、戦隊の上空の見張りをまかせられるから」バークリーが言い、岩に背中をあずけた。「英国の大型ドラゴンはみんな若い。あんなふうに大型があわてふためくと、ベテランの小型まで焦ってしまうんだ」

ローレンスはうなずいた。「今回の手痛い経験が、若いドラゴンたちの糧《かて》となればいいんだが……。しかしフランスとて、今回のように好条件がそろうとはかぎらないだろう。雲に隠れることができなければ、やつらにも、どうにもできなかったはずだから」

「おお、おそろいで。きのうの戦法を検証しているのですか?」ショワズールが声をかけてきた。本部棟へ向かう途中らしかったが、地面の略図のそばにしゃがみ、検討の仲間に加わった。「申し訳なく思っています。戦闘の最初から参加できなくて」上着はほこりだらけ、クラヴァットには汗染みがついていた。きのうから服を着替えていないのだろうか。血走った目で地面の略図を見おろしながら、しきりと顔をこすっていた。

「ひと晩じゅう起きていたんですか?」ローレンスは尋ねた。

ショワズールは首を横に振った。「いや、リリーのそばで少しだけ仮眠をとりました。キャサリンと――いえ、ハーコートと寝ずの番を交替したのです。そうでもしないと、彼女は一睡もできませんから」目を閉じて、大きなあくびをした。ぐらりと体が傾き、倒れそうになったところをローレンスが横から支えると、「ありがとう《メルシ》」と応え、ゆっくりと立ちあがった。「そろそろおいとまします。キャサリンに食事を運ばなければなりません」

「いや、あなたは休んでください」ローレンスは言った。「わたしがなにか持っていきましょう。テメレアが眠っていて、自由な時間があるんです」

ローレンスがリリーの宿営に行くと、キャサリン・ハーコートはしっかりと起きていた。蒼《あお》白い顔だが、冷静さを取り戻し、地上クルーに用意させた、血がしたたり湯気をあげる牛肉のぶつ切りを、みずからの手でリリーの口に運んでいた。そうしながら、励ましの言葉をかけつづけている。ローレンスは、ハーコートのためにベーコンのサンドイッチを持ってきていたが、彼女は時間を惜しんで血だらけの手をサンドイッチに伸ばそうとした。ローレンスは彼女を説得して手を洗わせ、クルーと交替して少し休みをとらせるようにした。リリーは肉片を食べながらも、安心を求めるように金色の片眼をたえずハーコートのほうに向けていた。

ハーコートが食事をすませる前に、ショワズールが戻ってきた。上着もクラヴァットも取り去ったいでたちで、後ろにはコーヒーのポットを持った使用人が控えていた。「ローレンス、チームの空尉候補生があなたをさがしていましたよ。テメレアが起きそうだとか」彼は、そこが定位置であるかのように、ハーコートの隣にどかりと腰をおろした。「眠ろうとしたが、眠れない。コーヒーが効きすぎたようだ」

「ありがとう、ジャン＝ポール。ひどく疲れているのでなければ、いっしょにいてくれるのはうれしいわ」ハーコートはすでに二杯目のコーヒーに口をつけていた。「遠慮しないで、ローレンス。テメレアが心配してるにちがいないわ。来てくれてありがとう」

ローレンスはふたりに一礼した。ハーコートとのつきあいに慣れてからは、はじめて、なんとも言えない気まずさを感じた。彼女はごく自然にショワズールの肩にもたれかかっていた。ショワズールも熱情を隠そうともせず彼女を見おろしていた。ハーコートはまだ若い。ローレンスは、彼女にお目付役が付いていないもどかしさを感じずにはいられなかった。

しかし、彼らの体力にまだ余力があったとしても、まさかリリーやクルーのいるところで間違いが起こることはないだろうと思い直した。それに、ここにずっといつづけるのも変だ。ローレンスはテメレアの宿営に向かって足を速めた。

その日は一日、のんびりと過ごした。いつものようにテメレアの曲げた前足のくぼみに腰かけ、手紙を書いた。海軍時代は無聊《ぶりょう》を慰めるために文通に精を出したものだが、いまは多くの人々への返信が滞《とどこお》っていた。母もそのひとりで、あわてて書いたと思われる短い手紙が何通か届いていた。おそらくは、父の目を盗んでしたためたのだろう。

昨夜食べなかった代わりに、今朝はたらふく腹に詰めこんだテメレアは、ローレンスが声を出しながら手紙を読むのに耳を傾け、レディ・アレンデールとライリー宛ての手紙に自分の添え書きを口述筆記させた。「ライリー艦長とリライアント号のみなさんのご武運長久を祈ります――」そう締めくくったあと、テメレアは言った。「ねえ、ローレンス。もうずいぶん昔のような気がしない？　ずっと魚を食べていないな、何か月も」

まだ一歳に満たない竜が〝昔〟という言葉を使うのをおかしく思い、ローレンスはにっこりした。「確かに、大きなできごとがあったからな。まだ一年もたっていないことがすごく不思議だよ」手紙に封をして、宛名を書く。「みんな、元気にやっていてくれるといいんだが」最後の手紙を仕上げ、かなりの厚みになった手紙の束を満足感とともに見つめた。これで良心の呵責《かしゃく》から逃れられた。「ローランド！」と、エミリー・ローランドを呼びよせた。エミリーは、近くで仲間とボール遊びに興じていた。「これを速達便のポストに入れてきてくれ」

「承知しました」ローランドは手紙の束を受け取ったあと、少しもじもじとして言った。「あのう、この用事をすませたら、今夜、自由時間をもらえませんか？」

ローレンスはその要求に面食らった。士官見習いや空尉候補生たちが、自由時間を求めて許可がおりると、街へ繰り出していくことはよくあった。しかし、十歳の見習い生がドーヴァーの街へひとりで行くなんて、考えられないことだ。そう、たとえ女の子でなかったとしても。「ひとりで出かけるのかい？　それとも、仲間といっしょか？」一年上の士官たちから気晴らしの外出に誘われているのではないか、と考えて尋ねた。

「いいえ、仲間とじゃありません」そう言って、エミリーは期待のこもったまなざしでローレンスを見つめた。ローレンスは一瞬、ここは許可して、自分がエミリーに付き添おうかとさえ考えた。だが、思い悩んだようすを見せたテメレアを残し、自分だけ街に出ていくのは気が進まなかった。

「またの機会にしよう、ローランド」ローレンスはおだやかに言った。「ドーヴァーには長く滞在することになる。いずれまた機会があるだろう」

「あ、はい」エイミーはしょんぼりとして言った。「承知しました」うなだれて去っていく彼女の姿を見て、ローレンスはいささか気がとがめた。

テメレアが、エミリーの後ろ姿を見つめながら尋ねた。「ねえ、ローレンス。ドーヴァーの街には、なにか特別におもしろいものがあるのかな？　だったら、ぼくたちも見にいかない？　クルーが大勢行ってるみたいなんだ」

「ううむ、そうだな」ローレンスは言葉に詰まった。彼らを引きつけているのが、港の女と安酒だなどと、テメレアにどう説明すればいいのだろう？「そうだな、街には大勢の人が集まる。だから、いろんなお楽しみがまとまってある、というか……」

「本がたくさんあるの?」テメレアが言った。「でも、ダンやコリンズが本を読んでるのは見たことないな。ふたりが言うには、街は最高なんだって。もう、きのうの夜はずっとその話ばかりだったよ」

ローレンスは、説明をよけいにむずかしくさせた若い空尉候補生たちを心のなかで罵《ののし》り、来週は彼らに仕事をたんまりと与えてやろうと決めた。「劇場もあるし、音楽会もある。とにかくなんでもある」しかし、これでは真実を隠したままであり、正直に語っているとは言えない。テメレアもここまで成長したのだし、欺《あざむ》きつづける必要はもうないのではないだろうか……。「でも、惜しむらくは、酔っぱらいたくて街に行く連中もいる。あるいは、みだらなつきあいをするために」前よりも率直に言ってみた。

「ふふん、娼婦《しょうふ》のことだね」それを聞いて、ローレンスは前足から転げ落ちそうになった。「娼婦が街にもいるとは知らなかったんだ。でも、やっと、わかったよ」と、テメレアがつづけて言った。

「いったい、どこでそんな言葉を覚えたんだ?」ローレンスはなんとか気を落ちつけて、質問した。もうこれ以上説明がいらなくなったことには安堵したが、誰がテメレアに教えたのかと腹が立ってくる。

「ふふん、ロッホ・ラガン基地にいるとき、ヴィクトリアトゥスが教えてくれた。どうして、士官たちがときどき村におりていくのか不思議だったんだ。村に家族がいるわけでもないのに」テメレアは言った。「でも、あなたは一度も行かなかったね。そういうの、好きじゃないの?」そうであればいいという期待がこもっていた。

「やめてくれ。そんな話はするな」ローレンスは頬が熱くなると同時に、こみあげる笑いをこらえながら言った。「感心できない話題だ。だいたい、そういう悪癖から抜け出せないなら、せめて、こっそりとやるべきなんだ。ダンとコリンズには、吹聴《ふいちょう》するなと厳しく言っておこう。見習い生がいるところで、話すようなことじゃない」

「わからないな」テメレアが言う。「ヴィクトリアトゥスはこう言ったんだ。それは男にとってとんでもなくいいもので、男はいつもそれをしたくてしょうがないんだって。それがなきゃ、結婚なんかしないってさ。そんなにいいものなのかなあ。もちろん、もし、あなたがどうしてもしたいって言うなら、ぼくは止めないけどね」最後のひと言では真顔になり、ようすをうかがうようにローレンスの顔をちらりと見た。

ローレンスは、今度は笑うどころではなく、深く考えこんだ。「残念ながら、きみは誤った考えを仕入れてしまったようだね」ローレンスはおだやかに言った。「わたしが悪かった。こういうことを、もっと前に話しておくべきだった。心配しなくていいよ。わたしはいつも、きみのことをいちばんに考えている。それは、これからも変わらない――たとえ、結婚してもだ。いまのところ、結婚するとは思えないが」

ローレンスはしばし口をつぐんで、考えてみた。しゃべりすぎて、テメレアをよけい不安にさせてはいないだろうか。しかし、結果がどうあれ、心配して話さないよりは、話してしまうほうがいいと腹をくくった。「わたしとある女性とのあいだに、なんとなくだが、いずれは結婚するだろうという了解があった。きみがわたしのもとへやってくる前だ。だけど結局、彼女はわたしを解放してくれた」

「要するに、彼女のほうからあなたを捨てたってこと?」テメレアがひどく憤慨して言った。ドラゴンならぜったいにそんなことはしないと言いたげだった。「言っちゃ悪いけど、ローレンス、もし結婚したいのなら、ほかの誰かをさがすといいよ。あなたなら、あなたを捨てた彼女より、ずっといい人が見つかるはずだから」

「そう言ってくれるのはうれしいが、はっきりさせておこう。彼女の代わりをさがすつもりはないんだ」

テメレアは首をわずかにすくめただけで、反論はしなかった。喜んでいるように見えなくもなかった。「でも、ローレンス——」一拍おいて言った。「はばかりのある話題は、もう話さないほうがいい？」

「大勢の人がいるところでは。でも、わたしにだったら、なんでもしゃべってくれ」

「ねえ、ローレンス、すごく知りたいんだ。もし、ドーヴァーの街にいろんなお楽しみがあるのだとしても……」と、テメレアは切り出した。「エミリー・ローランドは、若すぎやしないかな——その、やるにしては」

「この話題をつづけるために、ワインを所望したいところだよ。とても素面《しらふ》じゃ話せない」ローレンスはついに降参の声をあげた。

幸いにもテメレアは、ローレンスが演劇と音楽会とその他の街の楽しみを説明すると、それ以上はこの話題に執着《しゅうちゃく》しなかった。むしろ、チームの見習い生がその朝持ってきた、哨戒ルートの計画案について検討したがった。哨戒のついでに夕食の魚を捕まえられるかどうかを気にしているようだった。ローレンスは、テメレアが前日の苦い経験から立ち直り、元気を取り戻したことを喜んだ。そして、もしテメレアがいいと言えば、エミリー・ローランドをやはり街まで連れていってやろうと思い直した。だが、そう思っている矢先、エミリーがひとりのキャプテンを伴って戻ってきた。女性キャプテンだった。

テメレアの前足に腰かけていたローレンスは、自分がどんなにだらしない恰好でいるかにはっと気づいた。すぐに竜の巨体に隠れるような位置におりたが、上着は離れた木の小枝に引っかけてあり、取りにいく時間はない。しかたなくシャツをズボンに突っこみ、クラヴァットをあわてて首に結んだ。

そこでようやくキャプテンに向かって頭をさげた。そのときはじめて彼女の顔をまともに見つめ、どきりとした。もとは美しい顔だちだったとしても、その顔には剣がつけたにちがいない傷痕が残されていた。目の中心はまぬがれているものの、剣がかすめたにちがいない左目のまぶたの端がわずかに垂れ下がり、そこから赤い傷痕が下に向かってぐっさりと走り、首もとで白っぽい筋となって終わっている。年齢はローレンスと同じくらい。いや、少し年上かもしれない。どんないきさつで傷を負ったのかは知らないが、上着の肩に入った三本の線章は一等空佐のしるしであり、襟《えり》の折り返しにも〈ナイルの海戦〉の戦功を称《たた》える小さな勲章が付いていた。

「あなたがローレンス？」彼女はいきなり切り出した。ローレンスはなおも内心の驚きと闘っていた。「わたしはジェーン・ローランド、担う竜はエクシディウム。個人的なお願いで来たわ。今夜、エミリーを連れ出していい？　ほかに代わりがいるのなら……」そう言って、ぶらぶらしている見習い生や士官見習いのほうをじろりと見た。明らかに当てこすりであり、怒っているにちがいなかった。

「失礼しました」ローレンスは自分の誤解に気づいて言った。「彼女がひとりで街へ出かけるのだとばかり。まさか――」ここまで言って、はっとした。なんと、ふたりは母と子なのだ。姓が同じだし、よくよく見れば、容姿や印象がよく似ている。だが、母子であることには触れずに言った。「どうぞ、お連れください」

キャプテン・ローランドがとたんに打ち解けた。「なんだ！　ひとりで行くと思ってたのか」遠慮のない、およそ女らしくない笑い声をあげた。「わかった。無茶はさせないって約束する。八時には戻るわ。よかった……わたしもエクシディウムも、あの子には一年近く会ってなかったの。エミリーがどんな子だったかも忘れてしまいそうだった」

ローレンスは一礼して、母子を見送った。男のような大股の足取りで歩く母親に、エミリーが懸命についていく。興奮して、のべつまくなしに話しかけながら、通り過ぎる仲間たちにも手を振っている。その姿を見ていると、ローレンスは自分が少し愚かしく思えた。キャプテン・ハーコートに慣れていながら、なぜもっと早く気づかなかったのだろう？　エクシディウムは、リリーと同じロングウィング種の雄だ。彼もまた、ロングウィング種の常として、女性の担い手しか受けつけないのだろう。それに、長い軍務経験を通して、キャプテンとなったからには、戦闘から逃れられるはずもないことはわかっている。にもかかわらず、ジェーン・ローランドを見て驚いた。いや、度肝《どぎも》を抜かれた。女性があんな傷を顔に負うほど過激に戦うものだろうか。信じられない思いだった。これまで唯一知っていた女性キャプテンのハーコートは、けっして取り澄ましているわけではないが、ジェーン・ローランドに比べるとまだまだ若い娘に思えた。ハーコートは自分の出世の早さにとまどっており、それが彼女をどことなく頼りなげに見せているのだろう。

テメレアと結婚について話したあとだけに、ローレンスは、エミリーの父親についてもつい考えてしまった。男の飛行士ですら結婚しづらいのだから、女の飛行士にとって、結婚はおよそありえない選択肢なのではないか。だとしたら、エミリーは結婚という枠の外で生まれた子どもなのだろうか。だが、そう思いつくそばから、会ったばかりの尊敬すべき女性について、こんなふうに想像をめぐらすのはよくないことだと自分を戒《いまし》めた。

しかし、ローレンスの勝手な想像は当たっていた。「いいえ、まったくわからない。だって、彼とは十年間、会ってないもの」その夜、ジェーン・ローランドが言った。エミリーを連れて街から戻ると、彼女はローレンスを夕食に誘った。こうしてふたりで士官クラブで遅い夕食をとることになり、ワインを数杯傾けたローレンスは、ついに自制心のたががはずれて、エミリーの父親の安否について尋ねてみたのだった。「そう、わたしたち、結婚してたわけじゃない。彼がエミリーの名を知ってるかどうかも疑わしいわね」

それを恥だと思うようすは、ジェーンにはみじんもなかった。結局、女性飛行士が正規の結婚で子を生むことはほぼ不可能なのだろうと、ローレンスは心のなかで結論した。もちろん、それでも違和感はぬぐいきれないが、幸いにも、ローランドはローレンスの心中に気づいていなかった。彼女自身は、自分の人生を不遇であるとは思っていないのだ。それでもローレンスを気遣ってか、言葉を添えた。「こんなやり方って、変に思えるでしょうね。でも、あなたは、結婚したいなら、結婚しなさい。そうしたからって、航空隊のなかで立場が悪くなることもない。むしろ、たいへんなのは相手のほう。いつもドラゴンの二の次にされてしまうんだから。わたしの場合は、まったくなにも望まなかったの。エクシディウムのために、子どももいらないと思ってた。もちろん、エミリーはかわいいし、娘がいて、とても幸せよ。面倒なことはいろいろあるけどね」

「エミリーも、あなたの跡を継いで、エクシディウムのキャプテンに？」ローレンスは尋ねた。「長命のドラゴンの場合、母から娘へと担い手を移すのは、よくあることなんですか？」

「むずかしいことだけど、できるなら、それがいちばんいい。担い手を失ったドラゴンにとっては、その担い手と繋がりのある誰か、悲しみを共有できる誰かのほうが、受け入れやすい」ローランドは言った。「だから、わたしたちも、ドラゴンと同じように、自分たちを繁殖させてるってわけ。あなたもひとりかふたり、子どもをつくっておいたら？」

「そんな……」ローレンスは、ローランドの考え方に驚いた。イーディスに拒まれ、結婚の望みを断つと同時に、子どもを持つという考えも捨て去っていた。そのうえいまは、テメレアが望まないだろうという思いもある。子どもをつくることなど考えられない。

「こんなこと言ったら、びっくりする？」と、彼女はつづけた。「子づくりを助けてあげてもいいわよ。でも、あなたのドラゴンがせめて十歳になるのを待たなければ。それに、いまのわたしには無理ね。戦列を抜けられないんだから」

彼女がなにを言ったのかを理解するまで、ローレンスにはしばらく時間が必要だった。はっと気づいた瞬間、おぼつかない手でグラスをつかみ、顔を隠そうとした。抑えようと必死になっても、頬がどんどん赤くなっていくのがわかる。「それはどうもご親切に」もごもごと言いながら、屈辱とおかしさに押しつぶされそうだった。冗談だったとしても、こんなことを女性から言われるとは想像すらしていなかった。

「キャサリンなら、なんとかしてくれるかも」ローランドが、あいかわらずたんたんとした口調でつづけた。「そうなったらすてきね。リリーとテメレアのために、子どもをふたり――」

「もう、よしましょう！」ローレンスはきっぱりと言った。なんとか話題を替えなければと必死になった。「飲み物のお代わりはいかがですか?」

「そうね、ポートワインをお願い」この時点で、ローレンスはもう充分にショックを受けていた。ところが、ふたつのグラスを持って席に戻ると、ローランドは葉巻を吸っており、それを黙って差し出した。ローレンスは、勧められるままに、彼女の葉巻を吸った。

それからさらに数時間、おしゃべりがつづいた。しまいには給仕《きゅうじ》たちが、これ見よがしにあくびを噛み殺してみせるようになった。ふたりいっしょに塔の階段をのぼった。「まだ、そんなに遅くないわよ」ローランドが、階段の踊り場にあるみごとな大時計を見あげた。「疲れてないなら、わたしの部屋でカードゲームをやらない?」

そのときにはすっかり彼女と打ち解けていたので、ローレンスは一も二もなく提案を受け入れた。そして夜更け過ぎ、彼女の部屋を出て自室に戻るとき、通路を通りかかった使用人が、ローレンスのほうをちらりと見るのに気づいた。そのときようやく、自分の行いがはたして適切であったのかどうかを自問し、不安になった。しかし、もうすんでしまったこと。悔いてもはじまらない。そう考え直し、ベッドに潜りこんだ。

10　海峡艦隊を訪ねる

ローレンスは、もうたいていのことには驚かなくなった。キャプテン・ローランドの部屋を訪ねたことは基地に醜聞《しゅうぶん》を巻き起こすでもなく、翌朝、彼女は朝食の席にあらわれると、屈託なくローレンスに挨拶し、副キャプテンを紹介した。そして、みなで連れだってドラゴンのところに行った。

ローレンスは、テメレアがたっぷりと朝食を食べ終えるのを見とどけたあと、コリンズとダンを呼びよせ、ふたりの軽率さを叱責した。貞潔と節制に口うるさいキャプテンになりたくはないが、せめて年上の士官たちには年少者の手本になるように努めてほしかった。「いつまでそんな遊びをつづけているつもりだ？　士官候補生や見習い生たちの前で、悪い手本として、女郎屋通いの好色野郎だと吊しあげることになるぞ」ふたりの空尉候補生はきまり悪そうに身をよじらせた。ダンがなにか言おうとしたが、口答えを許すつもりのないローレンスはひとにらみで黙らせた。

だが、説教を終えて彼らを仕事に返すと、前夜の自分の行いを思い返し、あれも叱責されるべきものではないかと自問し、いささか気弱になった。だが、ローランドは同僚であるし、娼婦のもとへ通うことと彼女の部屋に行くことをいっしょに扱うべきではない、と自答した。それに、周囲のだれも巻きこんではいない。そう、そこが肝心なところだ……。だが、自己正当化のための言い訳は心のなかでうつろに響いた。ローレンスはもやもやを心から追いはらおうと、仕事に精を出した。

エミリーを含むチームの見習い生三人が、郵便物を詰めた重そうな袋を持って、テメレアのそばで待っていた。袋のなかには、イギリス海峡を守る海峡艦隊の乗組員に届ける手紙や小包などが入っている。

海峡艦隊は、その圧倒的な強さゆえに、目下、奇妙な孤立状態に置かれていた。ドラゴンの出動を求める必要はなく、また緊急を要する通信や物資を除けば、すべてがフリゲート艦で届けられているために、新しい情報や郵便物は滞りがちになっていた。フランス西端の軍港、ブレスト港には、フランス海軍の戦列艦二十一隻が待機していたものの、あえて港から出ていって、鍛え抜かれた英国海軍の水兵たちと渡り合おうとはしなかった。フランスの重戦闘竜部隊も、檣楼《しょうろう》には腕の立つ射撃手がいて、甲板《かんぱん》からは絶え間なく銛《もり》と胡椒弾が飛んでくるような英国艦に、海軍の援護もなく突っこんでいくような危険は冒さなかった。時折り、夜間の急襲を行うことはあったが、たいていは夜行性ドラゴン一頭による攻撃で、そんな場合も、英国艦の射撃兵たちが応戦し、やられた分はきっちりとやり返していた。そしてもしもフランスが総攻撃を仕掛けてきた場合には、照明弾による信号と海上を哨戒中の味方のドラゴンを介して、北部にも知らせが行くことになっていた。

レントン空将は、リリーの戦隊の負傷していないドラゴンたちに、日々の訓練と平行し、広域におよぶ哨戒活動への参加を命じた。その日、テメレアは、ニチドゥスとドゥルシアとともに飛ぶことになっていた。まずはエクシディウムの戦隊の後ろについてイギリス海峡第一区の哨戒を行い、その後エクシディウムらと別れ、海峡を守る主力艦隊に物資を届けることになっていた。海峡艦隊は、ブレスト港を海上封鎖するため、港に近いウェッサン島の沖合にいた。艦隊への三頭のドラゴンの飛来は、新しい郵便物や物資をもたらすだけでなく、海上封鎖という孤独で単調な日々に束の間の気晴らしを与え、乗組員を元気づけることになるだろう。

朝の大気はひんやりとして、霧はなく、空はよく晴れていた。眼下の海はほとんど黒一色に近い。ローレンスはまぶしさに目を細めながら、自分も士官見習いや空尉候補生たちのように両目の下にコール墨《ずみ》を塗れたらよかったのに、と思った。しかし艦隊の旗艦に着いたときに、小隊長として、提督ガードナー卿から乗船を求められる可能性があるため、顔に墨を塗るわけにもいかない。

気候のおかげで心地よく飛行できたが、海上では風向きが絶えず変化した。テメレアは本能的に上昇と下降を使い分け、いちばん最適な風を捕らえた。一時間ほど哨戒したのち、エクシディウムの戦隊と別れる地点まで来た。キャプテン・ローランドが片手をあげて挨拶をした。テメレアはエクシディウムの横をかすめ、南に針路をとった。太陽がほぼ真上から照りつけ、海が輝いている。

「ローレンス、前方に艦隊が見える」エクシディウムの戦隊と別れておよそ三十分後、テメレアが言った。ローレンスは望遠鏡を取り出した。ひたいに手をかざして片目を細め、望遠鏡をのぞくと、戦列艦の連なりが見えた。

「見えたぞ！」背後に向かって叫んだ。「ミスタ・ターナー、信号で味方だと知らせてくれ」信号手のターナーが、旗を使って英国航空隊であることを知らせた。この小隊の場合、テメレアの特異な外見のおかげで、通常ほど厳格な確認手続きを必要としない。

　ほどなく艦隊のほうも三頭のドラゴンを確認し、先頭の艦が歓迎のしるしに九発の礼砲を鳴らした。テメレアが正式な戦隊のリーダーだと誤解されているのかもしれないし、もしかしたら、海軍にゆかりのあるテメレアを歓迎してのことなのかもしれない。誤解にせよ異例の歓待にせよ、ローレンスはこのように迎えられることがうれしかった。射撃手が返礼として、空に向けて空砲を放った。

　上空からの艦隊の眺めは壮観だった。細長で優美なカッターが、郵便物の到来を期待して、旗艦のまわりに集まりはじめた。巨大な戦列艦が均一に北の風に上手回し《タッキング》を行い、互いの位置を整然と保っている。海の青に鮮やかに照り映える白い帆。すべてのメインマストで誇らしげにはためく三角旗。ローレンスは誘惑に打ち勝てず、搭乗ベルトのカラビナをいっぱいに引くまで前傾姿勢をとり、テメレアの肩越しにその光景に見入った。

「旗艦から信号です」ターナーが叫んだ。すでに肉眼で信号旗が見える位置まで近づいていた。「〝着陸後、キャプテンは乗艦せよ〟とのこと」

　ローレンスはうなずいた。予想していたとおりだ。「了解したと伝えてくれ、ミスタ・ターナー。それから、グランビー。艦隊を越えて南へ向かったほうがよさそうだな。まだ準備に時間がかかるだろう」ハイバーニア号とエジンコート号が大きな浮き板を海に投げていた。これらを繋ぎ合わせて、ドラゴン用の発着場がつくられる。小型のカッターが二隻のあいだに入り、引き綱をたぐって、それぞれの浮き板の位置を安定させた。ローレンスは、この作業にはしばらく時間がかかることを経験から知っていた。それは上空を旋回して待っていればすむほど短い時間でもない。

南に向かってしばらく飛行し、ふたたび戻ってくると、浮き板の発着場が完成していた。「ミスタ・グランビー、腹側乗組員《ベルマン》を上へ」ローレンスは命令した。下の装具にいた乗組員がすばやく竜の背に移動した。旗艦の甲板を何人かの水兵があわただしく掃除するなか、テメレアは下降を開始した。ニチドゥスとドゥルシアがそれにつづいた。テメレアが着地した瞬間、その重みで発着場が水に沈んで揺れたが、浮き板どうしの結束は頑丈だった。テメレアがうまく落ちついたところへ、ニチドゥスとドゥルシアが、対角線上の角に着地した。ローレンスはテメレアからおりた。

「見習い生、郵便袋を持ってきてくれ」そう命じてから、ローレンス自身がレントン空将から手渡されたガードナー提督への書状を取り出した。

ローレンスは待っていたカッターに身軽に乗りこんだ。そのあいだに、ローランド、ダイアー、モーガンが、カッターから手を差し出す水兵たちに郵便袋を手渡した。ローレンスはカッターの船尾に陣取った。テメレアが浮き板の上でバランスをとろうと姿勢を低くし、四肢《しし》を伸ばしている。頭を浮き板の端に乗せていたので、間近に迫った竜の頭を見て、カッターの水兵たちが脅えたようすを見せた。「すぐに戻ってくる」ローレンスはテメレアに言った。「なにか必要なことがあったら、グランビー空尉に言ってくれ」

「わかった。でも、とくになにもないと思うよ」テメレアはそう言うと、「あとで獲物を狩ってもいいかな?」と付け加えて、水兵たちを震えあがらせた。「さっき、すごく大きなマグロが見えたんだよ」

優美なカッターが、ローレンスをハイバーニア号まで運んだ。かつては、カッターの速度を最速だと思っていたが、舳先《へさき》に立って風を受けても、いまはその風をもの足りなく感じた。

ハイバーニア号の舷側《げんそく》には、来客用の吊り下げ椅子が用意されていたが、ローレンスはそれを無視して、自力で梯子《はしご》をのぼった。海で鍛えた足はまだなまっていなかった。梯子をのぼりきると、出迎えたキャプテン・ベッドフォードが驚いた顔をした。ベッドフォードとローレンスとは、〈ナイルの海戦〉で同じゴライアス号に乗り組んだ仲だった。

「おやおや、ローレンス。きみがイギリス海峡にいたとはな」ベッドフォードは正式な挨拶をすっかり忘れ、ローレンスの手を力強く握った。「あれが、きみのドラゴンなんだな？」と言い、浮き板の発着場にいるテメレアを見つめる。成長したテメレアは、七十四門艦のエジンコート号と比べても見劣りしない大きさだった。「卵から孵《かえ》って、まだ半年と聞いているんだが」

ローレンスは自慢したくなる気持ちを抑えて言った。「ああ、あれがテメレアだ。まだ生後八か月足らずなのに、成竜と同じ大きさになっているんだ」もっと言いたかったが我慢した。恋人の美しさを、子どもの賢さを語り出したら止まらない人間ほど鬱陶《うっとう》しいものはない。いずれにせよ、テメレアに称賛を求める必要はなかった。その独特な優雅な姿を見た者は、それについてなにか言わずにはいられないようだった。

「いやはや、すばらしい」ベッドフォードは、感嘆のまなざしをテメレアに送った。かたわらで、提督の副官が咳払いした。ベッドフォードはそちらをちらりと見てから言った。「すまない。出会いに驚いて、きみを立たせたままだ。どうぞ、こちらへ。ガードナー卿がお待ちだ」

提督ガードナー卿は、ウィリアム・コーンウォリス卿の退役に伴い、最近、この海峡艦隊司令官の地位を引き継いだ。軍人として成功をおさめたコーンウォリス卿のあとを継ぐという重責の気苦労からなのか、ローレンスが戦列艦の副長だったころに何度か見かけたときとは比べものにならないほど、老《ふ》けこんでいた。

「ふむ。きみが、ローレンスか……」提督付きの副官から紹介を受けると、ガードナー卿は言った。だが、そのあとにぶつぶつと呟いた言葉はよく聞き取れなかった。「まあ、すわりたまえ。まずは書状を読もう。すぐに返事を書くので、レントンのところにきみが持ち帰ってくれ」封緘《ふうかん》を解くと、ガードナー卿は書状に目を落とした。読みながら低くうなり、何度もうなずいている。目つきが鋭くなったのは、あのフランス空軍の奇襲攻撃の一件が書かれているからにちがいない。

「なるほど、ローレンス。きみはすでに、敵の荒っぽいやり口を経験したわけだな」ガードナー卿が、読み終えた書状をわきに置いて言った。「まあ、いい刺激になっただろう。さらなる攻撃が仕掛けられる日も、そう遠くはあるまい。それを、レントンに伝えておかなければ……。スループ、ブリッグ、カッターと、わたしはあらゆる小型艦を危険承知で陸に近づけ、敵軍を偵察させてきた。そして、敵軍の動きがシェルブール軍港近辺であわただしくなっているのをつかんだ。確たる証拠はないが、連中は英国本土への侵攻をもくろんでいるようだ――それも近いうちに」

「ナポレオンは、カディス軍港にフランス艦隊が押さえこまれている状況については、詳細を把握していないと思われますが、いかがでしょう?」ローレンスは尋ねた。

ガードナー卿から伝えられたシェルブール近辺でのフランス軍の新たな動きに、心おだやかではなかった。このように慎重に語られるときほど、信憑《しんぴょう》性はおそろしく高い。ナポレオン・ボナパルトは傲慢な男だが、それは実績という裏打ちがあってこその傲慢だった。

「ああ、最近のことは知らないはずだ。ヴィルヌーヴ艦隊についてはわれわれのほうが正確につかんでいるだろう。わが英国の逓信《ていしん》竜が足繁く行き来して集めた情報を、今回、きみが運んできてくれた」ガードナー卿はそう言って、机に置いた書状をコツコツと指で叩いた。「しかし、ナポレオンもまさか艦隊なしに、英国本土に兵を送りこもうとは考えていないだろう。それでは、無謀すぎる。おそらく彼は、カディスのヴィルヌーヴ艦隊がスペインから引き揚げてくるだろうと期待している」

ローレンスはうなずいた。ナポレオンの期待は、根拠がないかもしれないし、ただの希望的観測かもしれない。しかしそれでも、ナポレオンは、カディス軍港を海上封鎖するネルソン艦隊を危険に陥れる手をなにか考えているのではないだろうか。

ガードナー卿が、レントンに戻す何通かの急送文書を入れた袋に封をして、ローレンスに手渡した。「ローレンス、ご苦労。そう、郵便物を持ってきてくれたことにも礼を言おう。ついては、食事をいっしょにどうだ？　もちろん、きみの同僚のキャプテンもいっしょに」提督は机の前から立ちあがって言った。「エジンコート号のブリッグス艦長にも同席してもらおう」

ローレンスは海軍時代に、上官からの誘いは命令と同じだと叩きこまれていた。ガードナー卿は、厳密に言うならもはや上官ではないが、断るという選択はありえなかった。それでも、テメレアのことが、それ以上にニチドゥスのことが気になった。パスカルズ・ブルー種はとりわけ神経質だ。ふだんでも、キャプテン・ウォーレンは特別なこまやかさでニチドゥスの世話を焼いている。浮き式の発着場に竜の担い手も空尉もいない状態でニチドゥスを待たせておくのは、ウォーレンとしても気が気ではないだろう。

もちろん、ドラゴンは、どんな状況でも待つように訓練されている。艦隊が敵の空襲を受ける危険性が高ければ、数頭のドラゴンが海上につくられた浮き式の発着場に常駐することになる。そんなとき、彼らのキャプテンは頻繁に海軍士官たちと会議を持つので、ドラゴンだけが待たされることも少なくない。しかし、そのような状況での待機ならともかく、食事に誘われたからという理由でドラゴンを待たせるのは気が進まなかった。もちろん、待たせることによって実質的な弊害が出るわけではないのだが……。

「それは、光栄のいたりです。キャプテン・ウォーレンとキャプテン・チェネリーに伝えましょう」ローレンスは結局、それ以外に言いようがなかった。ガードナーのほうは返事を待たず、すでにドアから首を突き出して副官を呼んでいた。

しかし、信号の呼びかけに応えてやってきたのは、チェネリーだけだった。彼は真摯に、少し残念そうに言った。「ウォーレンは来ないそうだ。彼がいなくなると、ニチドゥスがピリピリするからな」チェネリーは同じ内容を、屈託なくガードナー卿にも伝えた。自分が無礼な対応をしているとは、これっぽっちも思っていない。

ローレンスは、ガードナー提督ばかりか、ほかの艦長や艦長付きの海尉たちまでチェネリーの態度に驚き、反感の表情を浮かべるのを見て、ひやひやした。一方、ウォーレンがニチドゥスのそばにいるほうを選んだことに安堵する気持ちもあった。気まずい空気のなかで食事がはじまり、それはしばらくつづいた。

ガードナー提督は任務の重さに疲れており、口数少なく、長い沈黙をはさんでしゃべった。そんな重苦しい席で、チェネリーだけがいつもの調子で快活にしゃべりつづけ、つぎつぎに話題を提供した。彼は、会話の口火を切るのはつねに提督でなければならないという海軍の不文律を完全に無視していた。

チェネリーから直接話しかけられると、海軍士官たちは、ごく短いにせよ、わざとらしい間《ま》をおいて返事した。ローレンスは最初こそ、チェネリーの作法にやきもきしていたが、そのうちに海軍士官たちに腹が立ってきた。チェネリーが海軍のおきてなど知らずに話していることは明らかだし、彼の選ぶ話題は穏当なものばかりだった。だとしたら、むっつりと黙りこみ、非難がましい沈黙をつづけるほうが、よほど無礼ではないだろうか。

チェネリーもさすがに周囲の冷ややかさに気づいたようだ。しかし彼は怒ることはなく、ほんのしばらく困惑の表情を浮かべただけだった。そしてまた果敢に話題をつくろうとするので、今度はローレンスも加勢して話題を盛りあげた。数分間、ふたりだけの議論がつづいた。そこへ突然、物思いから頭をもたげて、ガードナー卿が加わった。これで会話の話題が提督のお墨付きとなり、海軍士官たちもようやく話に加わった。ローレンスは、なんとかこの状態を食事の終わりまで持続させようと努力した。

〝光栄の至り〟であるはずの食事が、なぜこんな苦行になってしまうのだろうか？ポートワインがテーブルから片づけられ、コーヒーと葉巻を味わうために甲板に出るよう促されると、ローレンスは心からほっとした。自分のカップを取り、左舷艦尾まで行って、浮き板の発着場を見ようと手すりに近づいた。テメレアは静かに眠っていた。日差しを受けてうろこがきらめき、前足が片方だけ浮き板から海にはみ出している。ニチドゥスとドゥルシアが、テメレアに寄りかかって眠っていた。

ベッドフォードが近づいてきて横に立ち、浮き板を見おろした。ローレンスは、彼の沈黙を、戦友ならではの気心の知れた沈黙だと思っていた。が、しばらくすると、ベッドフォードが言った。「あれには稀少価値があるんだろう？　わが英国の手に落ちて、ほんとうによかった。しかし、きみにはとんだ災難だったな。あんなけだものに縛られて、一生を過ごすことになるなんて……」

ローレンスはすぐには反応できなかった。この哀れみに満ちた言葉にいくつもの答えがこみあげ、喉もとにまとわりついた。が、ついに深く息を吸いこみ、凄《すご》みのある低い声で言った。「わたしにそんな口をきくな、テメレアに対しても、わたしの同僚に対しても同じだ。いまのような発言が二度と許されると思わないでくれ」

強い調子に気圧《けお》され、ベッドフォードが後ずさった。ローレンスは彼に背を向け、給仕にカップを返した。「そろそろ、おいとましなければなりません」声を平静に保って提督に言った。「テメレアにとって、きょうのルートははじめてです。日暮れまでには戻ったほうがいいでしょう」

「わかった」ガードナー卿が片手を差し出して言った。「道中の無事を祈る。きみとは、また近々会うことになるだろう」

日暮れまでに帰らなければとガードナー卿には言ったが、結局、ドーヴァー基地に帰りついたときには日が落ちていた。テメレアが途中、波間に跳ねている数頭の大きなマグロを捕まえたのを見て、ニチドゥスもドゥルシアも魚をとってみたいと言いだしたからだった。テメレアは喜んで手本を示した。若い乗組員たちは獲物をとるドラゴンに乗ったことがなかったが、一回目の急降下ですっかり慣れてしまい、獲物をとるようすを見物して大いに楽しんだ。

彼らの喜ぶさまを見ているうちに、ローレンスの憂鬱な気分もどこかに消えた。少年たちは、テメレアがマグロをかぎ爪で捕らえて舞いあがるたびに、歓声をあげた。何人かはわざわざ腹側へおりて、テメレアがマグロをつかむときの水しぶきをかぶってみせた。

マグロを腹いっぱい食べ、前よりもスピードをゆるめて陸に近づきながら、テメレアは楽しそうに鼻歌を歌い、感謝の眼でローレンスを振り返って言った。「いい一日だったね。こんなに楽しい遠出は久しぶりだなあ」それに答えるローレンスのなかに、隠さなければならない怒りはもう残っていなかった。

基地に灯る明かりは、まるで巨木に群がるホタルのようだった。建物のあいだで、たいまつを持った地上クルーが仕事をしていた。テメレアが降下をはじめた。若い乗組員たちはまだ濡れたままだったので、テメレアの温かい腹からおりたとたん、震えはじめた。ローレンスは地上におり立つと、即刻彼らを解放し、自分はそこに立ったまま、地上クルーがハーネスをはずすのを見守った。ホリンが咎《とが》めるような視線をちらりと向けてきた。ハーネスの首や肩に、魚のうろこや骨やはらわたがびっしりとついて、生臭い匂いを放ちはじめている。

だが、ローレンスのなかでは、ホリンに申し訳ない気持ちより、テメレアが思う存分魚を食べて満足していることを喜ぶ気持ちのほうが勝っていた。臆することなくホリンに声をかけた。「きみの仕事を増やしてしまったな、ミスタ・ホリン。でも、今夜はテメレアになんにも食べさせなくてすむ」

「確かに」ホリンはむっつりと言い、ふたたびチームの面々に指図をはじめた。

テメレアのハーネスがすべて取り除かれ、クルーたちによって体が洗われた。今回は、消火隊のようなバケツ・リレーで水が運ばれた。テメレアは大きなあくびをして、げっぷをし、満足そうに地面に四肢を伸ばした。そのようすを見て、ローレンスは声をあげて笑った。「わたしは、この急ぎの書状を届けてくるけれど、きみはもう眠る？　それとも今夜も本を読むかい？」

「もうだめだ、ローレンス。眠くって……」テメレアが言い、またあくびをした。「ラプラスは、眼が冴えていてもむずかしいんだ。こんなに眠くては、たぶん頭に入ってこないと思うよ」

フランスの天文学者、ピエール＝シモン・ラプラスが書いた天体力学に関する書物は、ローレンスには音読するだけでもむずかしく、その内容となると理解の範疇《はんちゅう》を超えていたので、テメレアの意見には一も二もなく賛成した。「きみの言うとおりだ。では、また明日の朝。おやすみ」鼻づらをやさしく撫でてやると、テメレアはゆっくりと眼を閉じ、安らかな寝息をたてはじめた。

ローレンスから書状を受け取り、口頭の伝達も受けたレントン空将は、渋い顔になった。「よくない。まったく、よくない知らせだ。やつが陸の上でなにかを画策中だと？ ローレンス、やつはわれわれが気づいているとも知らず、艦隊に新たに加える戦列艦を海岸沿いでつくらせているのではなかったのか？」

「彼がつくらせたのは、戦列艦ではなく、不恰好な輸送艇のようです」ローレンスは即答した。この件に関してはほぼ間違いないだろうと思っている。「すでに多くの輸送艇が完成し、フランスの海岸沿いに配備されているそうです。もう充分すぎる数でしょう」

「動きがあるのは、カレーではなく、シェルブール近辺だそうだな。カレーよりもシェルブールのほうが、わが国からは遠いが、海峡艦隊には近い。どうやら、ガードナーの意見が正しいようだな。やつは次の手を着々と狙っている。そのために、スペインにいる艦隊を呼び戻すつもりだろう」突然、レントンが立ちあがって、執務室から外に出た。ローレンスはこのまま辞去すべきかどうか迷ったが、結局、レントンのあとをついていった。レントンは本部棟のなかを進んで外に出ると、リリーが療養中の宿営に向かった。

キャプテン・ハーコートが、リリーのそばにすわって前足を撫でていた。ショワズールがかたわらで、ハーコートとリリーのために低い声で本を読んでいた。リリーの眼は痛みのせいでまだどんよりとしているが、家畜をまるごと食べられるようになったのは、良い兆しだった。地上クルーが砕かれた骨の山を片づけているところだった。

ショワズールが本をおろし、ハーコートに低い声でなにかささやいたあと、レントンに近づいた。「リリーは眠ったばかりです。いまは起こさないほうがよいと思うものですから」声を潜めて言った。

レントンはうなずき、ショワズールとローレンスを手招きした。リリーからさらに離れた場所まで来ると、「リリーの調子は？」と、ショワズールに尋ねた。

「竜医によれば、順調に回復しているそうです。当初の予想より治りは早いと聞きました。キャサリンがずっと付き添っていますから」

「それはけっこう」レントンが言う。「竜医の予想では、三週間はかかるということだったな。さて、ここでふたりに伝えておこう。方針を変えることにした。リリーの回復を待つあいだ、これからは毎日、テメレアを哨戒活動に送り出すことにする。これまではテメレアとプレクルソリスの交替だった。だが、これからはテメレアだけを単独でこの任務に充《あ》てる。ショワズール、きみとプレクルソリスは、すでに充分な経験を積んでいる。だが、テメレアにはいまこそ経験が必要だ。きみはプレクルソリスを単独で訓練するようにしてくれ」

ショワズールは一礼した。内心では不満を感じていたとしても、おくびにも出さなかった。「どのようなかたちであれ、任務に就けることをうれしく思います。このわたしを必要としてくださることを」

レントンがうなずいた。「では、これからもできるかぎり、ハーコートを助けてやってくれ。きみなら、怪我を負ったドラゴンにどう対処すべきか、よく心得ているだろう」ショワズールはハーコートのそばに戻っていった。リリーは熟睡していた。レントンはさらにリリーから離れたところで、眉根にしわを寄せて、ローレンスに言った。「哨戒に出るときは、ニチドゥスとドゥルシアと戦隊を組んでほしい。小戦隊の訓練はしていないだろうが、ウォーレンとチェネリーがきみを助けてくれるだろう。テメレアにはぜひ、あの二頭の軽量ドラゴンを率いて実戦に参加してほしい」

「承知しました」ローレンスは、いささか驚いて言った。もっと説明を求めたいという好奇心のうずきを抑えつけるのに苦労した。

レントンとともに歩みながら、エクシディウムの宿営のそばを通りかかった。エクシディウムは寝入ったばかりで、キャプテン・ローランドが地上クルーと会話しながらハーネスを調べていた。彼女はレントンの来訪に気づくと、軽く黙礼し、近づいてきた。そのまま三人で、本部棟に向かって歩いた。

「ローランド、きみの戦隊からアウクトリタスとクレシェンディウムが抜けても、だいじょうぶだろうか?」レントンが出し抜けに尋ねた。

ローランドが片方の眉を吊りあげ、レントンを見つめた。「はい、そうすべきなら。でも、どういうことなんでしょう?」

レントンは率直な質問をいやがりはしなかった。「われわれは、リリーの回復を待って、きみとエクシディウムを、カディスに派遣することを考えなければならない。一頭のドラゴンを正しく使う機会を逸して、祖国を失うわけにはいかないからな。われわれはここドーヴァーで、敵空軍の襲撃にさらされながらも、久しくもちこたえてきた。海峡艦隊と海岸の砲台の助けがあった。そしてもうひとつ、カディス軍港に敵の艦隊が封じこめられていたこともだ」

もしここでエクシディウムの戦隊がカディスに投入されるなら、イギリス海峡の守りは手薄になり、いま以上に敵の襲撃にさらされることになるだろう。しかしもし、フランス艦隊とスペイン艦隊が封鎖を破ってカディス軍港から抜け出し、北へ向かい、ブレスト港やカレー港に待機する戦列艦と合流したら、ナポレオンは一日か二日でイギリス海峡の制海権を握り、英国本土へ侵攻してくるにちがいない。

ローレンスは、レントンの決断もやむなしと考えた。ナポレオンのドラゴンたちが陸づたいに飛んでカディスに向かっているのか、それともまだオーストリア国境近辺にいるのか、それがはっきりしないかぎり、どんな結論を出そうが、半ば推測の上に成り立った結論でしかない。しかし、何事かが起こりそうな気配があるなら、早く手を打つ決断が必要だ。レントンは思い切って勝負に出るつもりなのだろう。

テメレアの使い方を含む今後のドーヴァー基地の方針について、レントン空将の考えは明らかだった。彼は、規模が小さかろうが、経験が浅かろうが、緊急時に融通のきく第二の戦隊を手もとに置きたいと考えている。アウクトリタスとクレシェンディウムは、中型の戦闘竜として、エクシディウムを支える役割を担ってきた。おそらく、レントンは今後この二頭をテメレアにあてがい、三頭だけの攻撃用戦隊をつくろうと考えているのだろう。

「ナポレオンの裏を掻いてやるわけね。ああ、ゾクゾクする」キャプテン・ローランドが言い、その気分がローレンスにも伝わった。ローランドは、レントン空将に言った。「どこに行けと命じられようと、わたしには行く覚悟があります。アウクトリタスとクレシェンディウムがいなくても、うまくやってみせます」

「そうか。頼んだぞ」レントンはそう言って、本部玄関につづく階段をのぼった。「わたしはここで失礼しよう。まだ十通ほど目を通さねばならない文書があるのでね。おやすみ」

「おやすみなさい、レントン」ローランドが言い、彼が行ってしまうと、大きな伸びとともにあくびをした。「そうね、それもいいかも。たまには変化がないと、編隊飛行には退屈する。どう？ これから夜食でも」

それからふたりで、スープとトーストを腹におさめ、上等の白かびチーズをつまみにポートワインを飲んだ。そして今夜もまたローランドの部屋に落ちついて、カードゲームをした。ゲームを繰り返しながら、とりとめもなくしゃべっているうちに、ふいにローランドの口調が変わった。ローレンスがこれまで彼女からは聞いたことのない声だった。「ローレンス、すごく大胆なお願いなんだけど……いいかしら」

ローレンスはカードから目線をあげた。これまでのローランドは、どんな話題であろうと、先へ進むのをためらうことはなかったのだが……。「どうぞ」そう答えつつ、〝お願い〟とはいったいなんだろうと考えをめぐらした。そしてはっと、自分がいまどこにいるかを意識した。シーツがしわくちゃになった大きなベッド。それが歩いて十歩もないところにある。ローランドの胸もとがわずかに開いたガウン。さっき部屋に戻ってきたとき、彼女はついたての向こうで、いつもの上着とズボンからこの部屋着に着替えたのだ。ローレンスは、カードに目を戻した。頬がほてり、指先が少し震えた。「そんな気になれないというのなら、どうかすぐに断ってね」ローランドが付け加える。

「いや、それはない」ローレンスは即答した。「あなたのお役に立てるなら幸せです」

「やさしいのね」彼女がそう言って大きな笑みを浮かべると、口の右端が傷痕のある左より高くもちあがった。「もし、あなたが正直に教えてくれたら、とても感謝するわ。エミリーの仕事ぶりや、あの子の将来性について、なんでもいいの、教えてもらえない？」

ローレンスは自分の早合点に気づき、体がかっと熱くなった。顔を赤らめているにちがいなく、なんとか動揺を抑えつけようとする。「こんなことをお願いするなんて、ずるいわよね。あの子には問題があると、あなたに言わせるのなら、なおさらのこと。でも、訓練を怠《なま》ける適性のない者に、ただ血族だからという理由でドラゴンの継承を求めると、どんなことになるか——その悪《あ》しき例をわたしはいくつも見てきたわ。エミリーの適性に疑問を感じるのなら、どうか教えて。いまなら、まだやり直す時間があるから」

ジェーン・ローランドの心配はもっともだった。ローレンスも、ランキンがレヴィタスをどんなに酷く扱うかを知っているだけに、彼女の気持ちがよく理解できた。勘違いしていたばつの悪さを忘れ、いつのまにか彼女に同情を寄せていた。「ローランド、あなたはだいじなことを言っている。わたしもその事例を見たので」そして、すぐに言葉を継いだ。「どんな兆候も見逃さずに、あなたに伝えよう。それを約束する。だけど、もしエミリーを信頼し、彼女の仕事への献身を確信していなければ、わたしは彼女を自分のチームの実習生には選ばなかっただろう。もちろん、将来性を確約するには、まだ若すぎるけれど。でも、エミリーはきわめて将来有望だ」

ローランドがふうっと息を吐き出し、椅子に深くすわり直した。ゲームに集中しているふりをするために持ちつづけていたカードが、彼女の手からはらはらとこぼれた。「おかげで、安心したわ。もちろん、望みは持ってる。でもね、この件に関しては、自分の見立てをぜんぜん信用できないの」いかにも安心したように声をあげて笑った。それから戸棚まで行き、新しいワインを取り出してきた。

ローレンスがグラスを掲げると、彼女がワインを注いだ。「エミリーの成長に」ローレンスが乾杯の言葉を口にして、ともにグラスを飲みほした。すると、ローランドが手を伸ばし、ローレンスの手からグラスを奪って、唇を寄せてきた。つまり、まるっきり勘違いでもなかったということか。そして、こちらの件に関して、ジェーン・ローランドにはためらうところは、いっさいなかった。

11 ナポレオンの策謀

ジェーン・ローランドが洋服だんすから旅用の衣類をつぎつぎに取り出しては、ベッドの上に放り投げ、山をつくっていく。そのデタラメぶりに、ローレンスはたじたじした。「手伝おうか?」ついに見ていられなくなって、彼女の鞄《かばん》を手に取った。「いや、手伝うのではなく、わたしのやり方でやらせてくれないか。そのあいだ、あなたは飛行経路を考えていればいい」

「ありがとう、ローレンス。恩に着るわ」ジェーンは地図を手にして椅子にすわった。「とにかくまっすぐ進める旅ならいいんだけど……」紙に計算式を書き出し、数個の小さな木片を地図上で動かした。それらの木片は、カディスに向かうエクシディウムとその戦隊にとって休憩所となるドラゴン輸送艦をあらわしている。「天候がもちこたえれば、二週間というところね」今回は急を要するために、一隻の輸送艦に頼らず、ひとつの輸送艦からまた別の輸送艦へと渡りつづけることになっていた。そのために、それぞれの輸送艦の位置を、風と潮流をたよりに割り出しておかなくてはならない。ローレンスは、いささか重苦しい気分で、ジェーンの話にうなずいた。十月まであとわずか一日。この季節に快晴がつづく可能性はきわめて低い。ジェーンは荒れる天候のなかで、たやすく流されて位置を変える輸送艦をさがすか、あるいは、スペイン軍の砲台を避けつつ陸地に避難所を見つけるか、危険な二者択一を迫られることになるだろう。編隊が全滅することはありえないとしても、ときに落雷や強風の犠牲になるドラゴンもいる。荒れ狂う海に投げ出され、乗組員もろとも溺れ死んでしまうこともありえない話ではない。

だが、選択の余地はなかった。リリーはこの数週間でめきめきと回復した。ついきのうは戦隊を率いて哨戒に出動し、痛みもなく、みごとな着地に成功した。レントン空将はリリーを調べにいき、キャプテン・ハーコートも交えて短い会話をすると、すぐにその足でジェーン・ローランドのもとに行って、エクシディウムの戦隊のカディス行きを命じたのだった。もちろん、ローレンスは今後の展開に期待していたが、一方、基地から出ていくドラゴンと、あとに残るドラゴンを、ともに案ずる気持ちがつのった。

「さて、これでよし、と」ジェーンが海図をしまい、ペンを投げ出した。ローレンスは顔をあげた。もの思いに沈みながら機械的に荷を詰めていたので、二十分近くも互いに口をきいていなかった。気づけば、いま両手に持っているのは、ジェーンの下着のコルセットではないか。ローレンスはぱっと手を放し、小さな箱のきっちりと荷詰めされた衣類の上にコルセットを落とし、蓋《ふた》をぱたんと閉じた。

いつしか窓から朝日が差しこんでいた。ジェーンといっしょに過ごせる時間も、これでおしまいだ。「ねえ、ローレンス、そんな心配そうな顔はやめて。ジブラルタルまでは何度も飛んでるんだから」ジェーンがそばに来て、音をたててキスをした。「それより、こっちがたいへんなことにならないか心配。わたしたちが出ていったと知ったら、敵はぜったいになにか仕掛けてくるわ」

「あなたのことは全面的に信頼しているよ」とローレンスは言い、ベルを鳴らして使用人を呼んだ。「ただ、この決定じたいが誤っていないかどうか気になるんだ」こんな言い方をしては、レントン空将を批判しているように聞こえるかもしれない。自分は公平に判断できる立場にはないのだから、なおさらだ。だが、たとえエクシディウムたちを危険な場所に送りこむことに異論がなかったとしても、やはりこの情報不足には苛立っていただろう。

三日前、ヴォリーが運んできた知らせは、レントンの判断に新たな疑問をいだかせるものだった。それによれば、フランスは四、五頭のドラゴンをカディスに送りこんだという。これはドーヴァー基地からカディス軍港を海上封鎖するネルソン艦隊に送りこまれたモルティフェルスを牽制するには充分な数だ。しかし、フランス軍がライン川沿いに配備したドラゴンの数と比べれば、わずか十分の一にも満たない。そのうえ英国航空隊は、イギリス海峡をはさんだ敵の動きをつかもうと、逓信使や伝令使の小型ドラゴンまで使って斥候《せっこう》活動を行っているのだが、新たな情報はなにひとつ入ってこない。

ローレンスはジェーンとともにエクシディウムの宿営まで行き、彼女が竜に乗りこむのを見守った。もっと動揺するかと思ったが、不思議とおだやかな心でいられた。もし、これがイーディスだったらどうだろう？　自分が居残り、イーディスだけを危険に直面させるようなことになるのなら、ただちに拳銃で頭を撃ち抜いていただろう。だが、いまのローレンスは、ほかの同僚を送り出すときと同じような気持ちで、ジェーン・ローランドに別れの挨拶ができた。クルーが全員乗りこむと、ジェーンはエクシディウムの背から、軽い投げキスをローレンスに寄こした。「数か月でまた会える。わたしたちがフランス野郎どもを港から追い出してやったら、もっと早く会えるわ」ジェーンが叫んだ。「さあ、行くわよ。エミリーをしっかり鍛えて！」ローレンスは片手をあげて叫んだ。「道中の無事を祈る！」エクシディウムが巨大な翼を羽ばたかせて空に舞いあがり、戦隊のドラゴンたちがあとにつづいた。南に向かう彼らの姿はしだいに小さくなり、ついに雲間に消えて見えなくなった。

エクシディウムの戦隊が基地を発《た》ってからは、イギリス海峡空域の哨戒活動がいっそう強化された。しかし何事もなく一週間が過ぎた。フランス軍の攻撃は鳴りを潜め、レントン空将は、敵がまだエクシディウムの不在に気づかず、攻勢に出るのをためらっているのだろうと考えた。「敵が長考すればするほど、こちらには有利に働く」平穏な偵察飛行から帰ってきたキャプテンたちを前に、レントンは言った。「だが、わが基地のことはともかく、こちらから新たなドラゴン戦隊をカディスに送り出したことに、敵の艦隊が気づかないでいてほしいものだな」

やがて、エクシディウムの戦隊が無事にネルソン提督の艦隊と合流したという知らせが届き、一同は安堵した。それは基地から飛び立ったヴォリーがほぼ二週間で持ち帰ってきた情報だった。この逓信竜を駆るキャプテン・ジェームズは、翌朝、帰路につくために早めの朝食をとりながら、同席した者たちに語った。「わたしがあっちを発つときには、もうはじまっていましたよ。スペイン人の悲鳴が数マイル先から聞こえましたからね。ドラゴンの噴く強酸で、戦列艦ばかりか、スペインの商船までがたちどころにやられた。店も家もです。ヴィルヌーヴ艦隊がすぐに助けにこなければ、スペイン人たちは怒ってフランス艦に火を放つでしょうな。そう期待します」

この知らせに一同が元気づき、基地の雰囲気が明るくなった。レントンは哨戒活動の時間をわずかに縮め、過酷な任務をこなしてきた者たちに祝賀の小休止を与えた。元気のある者は街に繰り出していったが、おおかたは疲労したドラゴンとともに眠りをむさぼった。

ローレンスは、テメレアに本を読み聞かせて、静かな夜を過ごした。遅くまでランタンの明かりをたよりに読書をつづけた。少しまどろんで目覚めると、月が高くのぼっていた。月明かりの空を背に、テメレアの頭が黒々とした影になっていた。テメレアは北の方角に目を凝らしていた。「どうかしたのかい?」ローレンスは、テメレアに尋ねた。身を起こすと、奇妙な高い音がかすかに聞こえた。

耳を澄ましているうちに音は途絶えた。「ローレンス、あれはリリーのところだ」テメレアが冠翼を逆立てた。

ローレンスは竜の前足からするりとおりて言った。「ここにいてくれ。すぐに戻ってくる」テメレアが北のほうを見やりながらうなずいた。

基地を通り抜ける道には人けがなく、明かりも灯っていなかった。エクシディウムの戦隊が基地を発ってから小型ドラゴンたちが、哨戒活動に出払うようになっていた。また、夜が冷えるため、仕事熱心なクルーたちも早めに宿舎に引きあげる。三日前から地面に霜柱《しもばしら》が立つようになり、踏みしめるとザクザクと音をたてた。

リリーの宿営に人はいなかった。遠くの宿舎からは人声が洩れていた。木立を透かし、宿舎の窓々に明かりがついているのが見える。その建物近辺にも人の姿はない。リリーは地面にうずくまり、黄色い眼のまわりを赤くして虚空《こくう》を見つめ、かぎ爪で地面を静かに掻いていた。低い人声が聞こえた。泣いているような声だ……。ローレンスはまずいところに来てしまったのかと思ったが、リリーの嘆き悲しむようすに、ここは放っておけないと覚悟を決めた。宿営地に足を踏み入れ、声を張りあげた。「ハーコート？　ここにいるんだろう？」

「黙れ、近づくな」鋭く低い声がした。リリーの頭部をまわって裏をさがそうとしていたローレンスは、そこにハーコートの腕をつかんだショワズールを見つけ、はっと立ち止まった。なにをしでかすかわからない自棄《やけ》になった人間の表情が、ショワズールの顔に浮かんでいた。「動くな、ローレンス」ショワズールの手には剣が握られており、背後に若い空尉候補生がうつぶせに倒れているのが見えた。上着の背中から血が流れ出している。「騒ぐな」

「どうなってるんだ？」ローレンスは言った。「ハーコート、だいじょうぶか？」

「ウィルポイズが殺された……」ハーコートが低く押し殺した声で言った。体が揺れて、立っているのがやっとのようだ。たいまつの明かりで、ひたいに殴られたような黒い痣《あざ》が見えた。「ローレンス、わたしのことはいいから誰かに知らせて。ショワズールはリリーを襲うつもりよ」

「ちがう、そうじゃない」ショワズールが言った。「リリーにもきみにも危害を加えるつもりはない。キャサリン、それは誓う。ただし、抵抗しないならだ。ローレンス、おとなしくしていろ」ショワズールが剣を持ちあげた。血糊がべったりとついた刃先がハーコートの喉もとに迫った。リリーがふたたび、高くきしむような哀れっぽい声をあげた。ショワズールの顔は蒼ざめ、月影のせいか、緑がかって見えた。判断力を失っており、なにをしてもおかしくないことが、その顔つきから察せられた。ローレンスはその場にとどまり、チャンスをうかがった。

ショワズールもしばらく、ローレンスをにらみつづけた。そしてついに、ローレンスが襲ってこないと見てとり、口を開いた。「これからプレクルソリスのところへ行く。リリーはまだここにいろ。われわれが飛び立つのを待って、あとからついてこい。いいか、わたしに従っているかぎり、キャサリンに危害は加えない」

「なんて卑劣な……この薄汚い裏切り者!」ハーコートが言った。「わたしがフランスへ行って、ナポレオンの前にひざまずくとでも思ってるの? いったい、いつからこんなことを計画してたの?」ハーコートはよろめきながらも、ショワズールの腕を振りほどこうとした。が、ショワズールに体を揺さぶられ、倒れこみそうになった。

リリーが低いうなりをあげ、翼を開こうとする。ローレンスは、リリーの牙の端に黒い強酸がぎらりと光るのを見た。竜は歯ぎしりの奥から絞り出すようなひずんだ声で「キャサリン!」と呼びかけた。

「黙れ、たくさんだ」ショワズールが自分の身を守ろうと、ハーコートをさらにそばへ引き寄せ、両腕を押さえつけた。彼の片手はしっかりと剣を握っている。ローレンスはその剣をつねに視界に捕らえて、攻撃の機会を待った。「いいな、リリー。あとからついてこい。言ったとおりにするんだ。さあ、行くぞ。全員歩け。さあ、すぐに」ショワズールが威嚇するように剣を振った。ローレンスは体の向きを変えず、そのまま後ずさりした。木立の陰に来たとき、歩みをのろくした。それに気づかなかったショワズールは、はからずもローレンスとの距離を縮めた。

一瞬にして、つかみ合いになった。三人の体が地面にどさりと倒れた。剣が吹っ飛び、ハーコートが男ふたりのあいだにはさまれた。三人ともが地面に強く打ちつけられたが、下になったのはショワズールだった。ローレンスは一瞬、有利な立場になった。が、それを犠牲にして、ハーコートを思いきり遠くへ転がした。その瞬間、ショワズールがローレンスの顔面を殴りつけた。しかしそのときにはもう、ハーコートは彼の手の届かない安全な場所に逃れていた。

ふたりの男はつかみ合ったまま地面を転がった。もみ合い、殴り合い、落ちた剣を相手より早くつかもうと必死になった。ショワズールは肉付きがよく背も高かった。

接近戦に関してはローレンスのほうがはるかに経験があったが、組み合っているうちに、このフランス人の体重が徐々に効いてきた。リリーが吼《ほ》えた。遠くまでとどろく大きな声だった。追いつめられたショワズールが必死の攻勢に出た。ローレンスはみぞおちに強烈なパンチを浴びて、苦痛に体を丸めた。ショワズールが落ちている剣に飛びつこうとする。

その瞬間、すさまじい咆吼が頭上から聞こえた。地面が揺れ、木々の枝がバキバキと折れて、松葉や木の葉が降ってきた。すぐかたわらの大きな老木がねじ切れるように根もとから倒れた。見あげると、テメレアが上空にいた。激しい羽ばたきで、すべてをなぎ払ってしまいそうだった。そして、さらなる咆吼が、今度はプレクルソリスから聞こえた。淡い大理石模様の翼を持つフランス産ドラゴンは、闇のなかでもよく目立った。あっという間にテメレアに近づき、かぎ爪を振りかざして、襲いかかった。ローレンスは力を振り絞って立ちあがり、ショワズールに組みついた。地面に押し倒し、思いきり体重をかける。組んずほぐれつするうちに吐きそうになったが、テメレアの窮地を思い、必死に耐えた。

ショワズールが力まかせに体を返し、ローレンスの喉に腕を押しつけてきた。息ができない。そのとき視界の隅にひらりと飛びこむものがあり、つぎの瞬間、上になったショワズールの体がぐにゃりと伸びた。ハーコートがリリーの装具から鉄棒を抜き取り、ショワズールの後頭部目がけて思いきり振りおろしたのだった。

ハーコートはいまにも気を失いそうに見えた。リリーが木々のあいだから爪を伸ばし、ハーコートをつかもうとした。宿舎から人が駆けつけてきて、倒れているローレンスに手を差しのべる。「わたしはいい。あの男を捕まえろ。たいまつを持ってきてくれ」ローレンスは喘ぎながら言った。「大声が出せる男を連れてきてくれ。それとメガホンだ。急げ!」上空ではなおも、テメレアとプレクルソリスが旋回しながら、かぎ爪で戦いつづけている。

幸いにも、ハーコートのチームの副キャプテンが、胸板の厚い、メガホンを必要とせずに大声が出せる男だった。彼は状況を理解するとすぐに、両手を口のまわりにあてがい、上空のプレクルソリスに向かって叫んだ。巨大なフランスのドラゴンは、その叫びを聞きとると、すぐに戦闘から身を引いた。荒々しく旋回しながら地上を観察し、ショワズールが捕らえられたのをその眼で見とどけ、急降下してきた。テメレアは、プレクルソリスが地上におり立つまで、ホバリングをしながら警戒の眼を光らせていた。

マクシムスの宿営もそれほど離れていないところにあったので、すさまじい音を聞いて駆けつけてきたバークリーが采配を振りはじめた。部下たちにプレクルソリスを鎖で拘束させ、ハーコートとショワズールを医師のもとに運ばせた。殺された哀れなウィルポイズを弔《とむら》う準備をはじめる者もいた。「いや、いいんだ。わたしは自分でなんとかなる」ローレンスは、ハーコートといっしょに医師のもとへ連れていこうとする者たちの手を振り払った。ようやく呼吸が戻ってきた。ローレンスは、リリーのそばに舞いおりたテメレアにゆっくりと近づいた。二頭のドラゴンを慰め、落ちつかせなければならなかった。


翌日、ショワズールの意識はほとんど回復しなかった。わずかに覚醒しても、舌がもつれ、話が要領をえなかった。しかし、つぎの朝には意識が完全に戻った。そして、彼はなにもしゃべらなくなった。

プレクルソリスは、ほかのすべてのドラゴンたちに円く囲まれ、そこをけっして動いてはならないと命令された。もし命令に逆らうならば、ショワズールの死を覚悟せよと言い渡された。竜の担い手の命をおびやかすことは、竜の動きを封じるもっとも効果的な手段となる。ショワズールがリリーをフランスへ連れ去るために使おうとした手段が、いまはプレクルソリスに対して使われている。プレクルソリスは命令に抗《あらが》うことなく、鎖を巻かれた体を縮こまらせ、地面にうずくまっていた。なにも食べず、ときどき哀れを誘う細い声をあげた。

「ハーコート、頼みがある」ついに食堂にあらわれたレントン空将が言った。そこには基地の飛行士たちが顔をそろえ、空将があらわれるのをずっと待っていた。「ショワズールがまったく口を割ろうとしない。きみが尋問してくれないか。いくら卑劣なスパイでも、わずかな誇りがあれば、きみには釈明する義務を感じるのではないかと思うのだ」

ハーコートがうなずき、グラスの残りを飲みほした。が、彼女の顔が蒼ざめているのを見て、ローレンスは声を潜めて尋ねた。「ついていこうか？」

「そうね、お願い」感謝のこもった即答だった。ローレンスは彼女につづき、ショワズールが監禁されている薄暗い小部屋に足を踏み入れた。

ショワズールはハーコートと視線を合わせず、口をきこうとしなかった。ただ首を振り、身を震わせ、彼女の問いかけに涙を流した。「卑怯者《ひきょうもの》!」ついにハーコートの怒りがほとばしった。「いったい、どうしてこんなことをする気になったの? あなたが言ったことは、なにもかも嘘だったのね! 教えて、最初から計画的だったのかどうか。この基地へ来るときのフランス軍の奇襲も、あなたが仕組んだことだったの? さあ、答えて!」

ハーコートは声を詰まらせた。ショワズールがうなだれ、両手で顔を覆った。が、また顔をあげ、ローレンスに泣きついた。「頼む、彼女をどこかへやってくれ。あなたになら話そう。だが、彼女がいては話せない」そう言って、ふたたび顔を覆った。ローレンスは、ショワズールを尋問したいなどとはこれっぽっちも思わなかった。しかし、不必要にハーコートの苦しみを引き延ばしたくなかったので、決意を固め、彼女の肩に手を置いた。彼女はさっと出ていった。ショワズールを尋問するだけでも不快だったが、彼がオーストリアから来たときにすでにフランスと通じていたことを知らされ、さらにいやな気分になった。

「あなたがわたしをどう見ているかはわかる」ローレンスの侮蔑《ぶべつ》のまなざしを認めて、ショワズールは言った。「あなたの考えは正しい。しかし、わたしには選択の余地がなかったのだ」

ローレンスは尋問だけに徹しようとしたが、彼のいじましい弁明に自制心のたががはずれ、怒りと蔑《さげす》みがこみあげた。「いや、公正に身を処す選択もあったはずだ。きみの求めた場所できみの本分を尽くすこともできた」

ショワズールが冷えきった笑い声をあげた。「そうかもしれない。しかし、今年のクリスマスにはナポレオンがロンドンにいるとわかっていたら、同じことが言えるだろうか? わたしは、あなたから蔑まれようが、かまわない。なぜなら、確信しているからだ。どうあがいても、この未来は変えられない、と。だから、わたしの選ぶ道はひとつしかなかった」

「きみは、裏切りを繰り返してまで、ナポレオンにつきたかったのか。少なくとも、最初の裏切りは、きみの主義信条を貫いたものだったはずだ」ローレンスは言った。

ショワズールの強い確信にゾクリとしたが、それを顔には出さないように努めた。

「主義信条か……」ショワズールが言った。虚勢が消えて、疲れきり、観念したように見えた。「フランスは、英国とはちがって、ドラゴン不足という問題をかかえていない。それをいいことに、ナポレオンはこれまで何頭ものドラゴンを反逆罪で処刑してきた。主義信条など、わたしにはどうだっていい。プレクルソリスがギロチンにかけられることなく生き延びてくれるなら……。プレクルソリスを連れて、いったいどこへ逃げればいい？　ロシアか？　プレクルソリスはわたしより二百年は長く生きる。ロシア人がドラゴンをどんなに酷く扱うか、あなたも知っているだろう。アメリカまで飛んでいくのも、輸送艦がなければ無理だ。わたしは、許しを請うことに一縷《いちる》の望みを託した。そして、ナポレオンがそれを受け入れた。ある捧げ物を条件として」

「それがリリーだったのか」ローレンスは冷ややかに言った。

ショワズールがはっとしたように顔をあげた。「まさか。彼が要求したのは、キャサリンの竜ではなく、きみの竜だ」ぽかんとするローレンスを見て、ショワズールはつづけた。「中国種の卵は、かの国の皇帝からナポレオンに贈られたものだった。ナポレオンはそれを取り返すことをわたしに求めた。テメレアがすでに孵化《ふか》していることを知らなかったのだ」ショワズールは肩をすくめ、両手を広げた。「だから、こう考えた。もし、テメレアを殺してしまえば――」

ローレンスは気づくとショワズールの顔を殴りつけていた。彼は椅子ごと後ろに倒れ、石の床に背中を打ちつけた。倒れた椅子がカタカタと鳴った。ショワズールは咳きこみ、裂けた唇から血を流していた。ドアが開き、衛兵がなかをのぞきこみ、「だいじょうぶですか?」と、ローレンスに尋ねた。衛兵はショワズールの怪我など意に介していない。

「むろん、問題ない」ローレンスはきっぱりと言い、手の甲についた血をハンカチーフでぬぐった。ドアがまた閉じられた。虜囚《りょしゅう》を殴ることを、いつものローレンスなら恥じたにちがいないが、今回は良心の呵責《かしゃく》をいっさい感じなかった。まだ動悸《どうき》がおさまらなかった。

ショワズールがゆっくりと椅子を起こし、ふたたび腰をおろした。そしていっそう落ちつき払った声で言った。「残念ながら、わたしにもそこまでは無理だった。だから、その代わりに考えたのが——」ふたたびローレンスの顔が紅潮するのを見て、ショワズールが口をつぐむ。

この数か月のあいだ、恐ろしい脅威がテメレアに迫っていたのだ。もしショワズールにわずかな良心が残っていなければ、その悪意に満ちた計画は実行されていたかもしれない。そう思うと、ローレンスの心は凍りついた。嫌悪感もあらわに、口をつぐんでいるショワズールの代わりに言った。「——学校を出たばかりのような若い娘をたぶらかし、誘拐《ゆうかい》するという計画か」

ショワズールはなにも返さなかった。ローレンスにも、この件に関してどんな言い訳も成り立つとは思えなかった。しばらく沈黙したのち、言った。「きみには敬意をもって扱われる資格などない。さあ、話してしまえ。ナポレオンは、なにをたくらんでいる? レントン空将は、プレクルソリスをニューファンドランド島の繁殖場に送るだろう。もしきみが、きみ自身の命乞いではなく、プレクルソリスの命乞いをしているのなら、それだけは教えておく」

ショワズールは蒼ざめながらも言った。「ナポレオンのたくらみについて、わたしも少しなら知っている。もし、いまあなたが言ったことをレントン自身が請け合うのなら、話すこともやぶさかではない」

「だめだ」ローレンスは言った。「きみはそんな情けを受けるには値しない男だ。わたしは、きみと取引するつもりはない」

ショワズールはうなだれ、あきらめたように話しはじめた。あまりに小さな声なので、ローレンスは全神経を集中させて聞きとらなければならなかった。「ナポレオンがなにをたくらんでいるかを、正確に知っているわけではない。だがとにかく彼がわたしに求めたのは、この基地を弱体化させることだった。できるかぎり多くの兵力を南へ、地中海方面へ送りこませることだった」

ローレンスは落胆のあまり胸がむかついた。少なくとも、その目標は充分に達成されている。「ナポレオンは、自分の艦隊をカディス港から脱出させる秘策をなにか持っているのか?」ローレンスは尋ねた。「ネルソン提督の艦隊と遭遇することなく、港から出られると思っているのだろうか?」

「そんなことを、彼がわたしに明かすと思うのか?」ショワズールが頭をもたげて言った。「彼にとっても、わたしは裏切り者だ。わたしは果たすべき仕事を与えられただけだ」

ローレンスはさらに質問を重ねて、ショワズールがこれ以上はなにも知らないことを確信した。そして、身を汚されたような気分で小部屋を出て、すぐにレントン空将のもとに向かった。

ショワズールのもたらした新たな情報は、基地全体に暗い影を落とした。キャプテンたちは詳しい内容までは洩らさなかったが、地上クルーも下っ端の見習い生も、頭上にかかる黒い雲に気づきはじめていた。ショワズールは、凶行に及ぶタイミングをしっかりと計っていた。そのために、つぎの逓信竜の飛来まで六日間も待つことになった。つまり、地中海方面からイギリス海峡へ戦力の一部を戻すとしても、それには最短でも二週間を要することになる。また、在郷軍と陸軍分隊の派遣を要請したものの、軍が到着して海岸沿いに新たな砲台を築く作業を開始するまで、あと数日はかかるということだった。

ローレンスは、グランビーとホリンに、テメレアの警護を強化するように命じた。ナポレオンが中国から贈られた竜の卵に執着し、そこまで腹を立てているのなら、またすぐにも新たなスパイを送りこんでくるにちがいない。しかも、つぎは自分の手に入らないドラゴンを抹殺するための刺客《しかく》である可能性がきわめて高い。

「用心してくれ」と、ローレンスはテメレアに言った。「誰もいないところで、食事をするな。出所の確かなものしか食べてはいけない。どんな状況だろうと、わたしがきみに紹介したことのない人間を近づけるな。それでも近づいてくるなら、ほかの竜の宿営まで飛んで逃げてくれ」

「気をつけるよ、ローレンス。約束する」テメレアは言った。「だけど、わからないな。

なんでフランスの皇帝は、ぼくを殺したがるんだろう。なんかいいことあるの？　卵が欲しいなら、もう一個くれって言えばいいのに」

「おいおい。最初の卵をなくしたなら、もう一個あげましょうと言うほど、中国人は甘くはないぞ」ローレンスは言った。「それどころか、最初の卵がなぜナポレオンに贈られることになったのかさえ不可解だ。フランスは、よほど天才的な外交官を中国の宮廷に送りこんだにちがいないな。ナポレオンは、相当プライドを傷つけられているだろう。自分が所有するつもりだったドラゴンを、英国海軍のキャプテンごときに奪われて……」

テメレアはフンと鼻を鳴らした。「たとえ、フランスで卵から孵ったとしても、その皇帝のことはぜったい好きにならなかった。なんだか、すごくいやな人間みたいだね」

「さあ、どうかな。高慢だという評判は聞こえてくるが、偉大な人物であることは確かだろう。たとえ、相当な暴君だったとしても」ローレンスは気が進まないながらも言った。ナポレオンは大ばか者だとテメレアに請け合ってやれたら、どんなによかったろうか。

レントン空将の命令によって、一度に哨戒に出るドラゴンの数が半分に減らされ、基地に残るドラゴンに実戦を想定した厳しい訓練がはじまった。夜になると、エジンバラやロッホ・ラガンの基地から、闇に紛れてドラゴンたちが飛んできた。そのなかにはヴィクトリアトゥスの姿もあった。このパルナシアン種のドラゴンを救援しにいった日が、ローレンスには遠い昔に思えた。ヴィクトリアトゥスのキャプテン、リチャード・クラークは基地に到着するや、すぐにローレンスとテメレアのもとへやってきた。「ご挨拶するのも、感謝を伝えるのも、こんなに遅くなってしまったことをお詫びします。正直言って、ロッホ・ラガンでは、ヴィクトリアトゥスの回復に努めるだけでせいいっぱいだった。そして、今度もまたいきなりの転属です。あなたがたもそうだったのでしょうね」

ローレンスは心をこめてクラークの手を握った。「いや、お気になさらず。ヴィクトリアトゥスはもうよくなりましたか？」

「ええ、すっかり。時間はかかりましたが……」そのあと、クラークは声を落として言った。「いつ敵が襲来してもおかしくない状況だそうですね」

ところが、敵はすぐにやってこなかった。待機の日が一日、また一日と引き延ばされ、その分焦りもつのっていった。ドーヴァー基地から三頭のウィンチェスターを偵察に送り出したが、フランス側の海岸の巡視が強化されており、内陸まで侵入して情報を集めることはできなかった。

ドーヴァー基地に集結したドラゴンのなかには、レヴィタスの姿もあった。だが一団のなかに紛れていたため、ローレンスはランキンと直接顔を合わせずにすんだ。それをありがたく思い、はたから手のほどこしようのない、ランキンの担い手としての怠慢のしるしを努めて見ないようにした。あの小さなドラゴンに会いにいけば、ランキンと口論になることは確実なので、それも避けた。ただでさえピリピリした基地の空気を、それ以上刺激したくなかった。ただ、レヴィタスが到着した翌朝、ホリンがひどく汚れたタオルとバケツを持って、後ろめたそうな顔でテメレアの宿営にあらわれた。それについてあえてなにも言わないことで、ローレンスは良心の呵責と折り合いをつけた。

日曜の夜になって、厳しい寒気が訪れた。待機の一週間が過ぎたが、カディスから新しい情報を持ち帰ってくるはずのヴォラティルスはまだあらわれなかった。快晴つづきだったので、天候が遅れの原因になるとは考えにくい。ヴォリーの到着はさらに二日延び、さらにまた一日延びた。ローレンスはついつい空を見あげそうになるのをこらえた。部下たちが空を見あげても見逃すことにした。その夜、エミリー・ローランドがドラゴンたちの宿営地の片隅で、声を押し殺して泣いているのを見つけた。幼いながらも、ひとりで泣く場所を求めて、宿舎を抜け出してきたのだろう。

エミリーは泣いているところを見つかったのを恥じて、目にごみが入っただけだと言い張った。ローレンスは彼女を自分の部屋に招き、ココアをふるまった。「わたしが海軍に入隊したのは、いまのきみより二歳上のときだった。それでも一週間は、夜になると、おいおい泣いていたものさ」エミリーが疑うような顔をするので、ローレンスは思わず笑った。「きみのために話をつくっているわけじゃない。いつかきみがキャプテンになって、今夜のわたしのように、泣いている見習い生を見つけたら、きみだってわたしと同じことを言うだろう」

「怖がってるわけじゃありません」エミリーは言った。疲労とココアの相乗効果で眠気をもよおし、肩の力が抜けたようだ。「エクシディウムが、母を危険な目に遭わせるはずがありません。だって、エクシディウムはヨーロッパいちのドラゴンだもん」

エミリーは口を滑らせたと思ったのか、付け加えた。「もちろん、テメレアも同じくらい優秀ですけど」

ローレンスはまじめな顔でうなずいた。「テメレアはまだとても若い。経験を積んだら、いつかはエクシディウムのようなすばらしいドラゴンになれるだろう」

「そのとおりです」エミリーがほっとしたように返事するので、ローレンスは頬がゆるみそうになった。五分後、エミリーは寝入ってしまった。ローレンスは彼女を抱きかかえてベッドまで運び、自分はテメレアの宿営まで行って、竜といっしょに眠った。


「ローレンス、ローレンス、起きて」目をあけると、テメレアから小突かれていたのだとわかった。しかし、まだ空は暗い。遠くからかすかに騒ぎの音が聞こえた。大勢の話し声がする。そして、何発かの銃声。はっとして身を起こし、地面におりた。地上クルーたちはまだ来ていなかった。士官たちの姿もない。「なんだろう?」テメレアが立ちあがり、翼を開いた。「攻撃があったのかな。でも、空にドラゴンがいないね」

「キャプテン! キャプテン!」見習い生のモーガンが、いまにも転びそうな勢いで駆けてきた。「ヴォリーが到着しました。大規模な戦闘があったそうです。ナポレオンが戦死しました！」

「つまり、戦争が終わったってこと？」テメレアが失望を隠そうともせずに尋ねた。

「ぼくはまだ一度も大きな戦いに参加したことがないのに」

「たぶん、伝わるうちに、話がどんどん大きくなったんだろう。ナポレオンがほんとうに死んだのなら、すごいことだぞ」ローレンスは言った。だが、騒がしい声はまさしく歓声であり、そんな途方もなくでかい話ではないとしても、よい知らせが届いたことは間違いなかった。「モーガン、ミスタ・ホリンと地上クルーを起こして、テメレアの食事の用意を頼んでくれ。こんな時間に起こしてすまないと、伝えるのを忘れないでくれよ」それから、テメレアのほうに向き直って言った。「行って確かめてくる。できるだけ早く戻ってくるよ」

「そうだね、急いで」テメレアが後ろ足立ちになり、木々の梢《こずえ》越しに本部棟のほうをうかがった。

本部棟には煌々《こうこう》と明かりが灯っていた。ヴォリーが建物前の閲兵場にいて、一頭の羊にがつがつと食らいつき、逓信竜担当のスタッフが、宿舎からあふれだしてくる者たちからヴォリーを守っていた。陸軍や在郷軍の若い士官たちの姿もあり、歓喜のあまり空に向かって銃を放つ者までいる。ローレンスは、彼らを押し分けるように正面扉に向かった。

レントンの執務室に通じるドアは閉まっていたが、士官クラブにヴォリーの担い手、キャプテン・ジェームズがいて、彼の竜に負けない凶暴さで食事をたいらげていた。まわりにいる士官たちは、彼が運んできた知らせをすでに聞いて知っていた。

「ネルソン提督が、わたしに待つようにと言ったんです。わたしとヴォリーが本国へ引き返すあいだに、敵の艦隊がカディス港から出てくるだろうからと」ジェームズは口いっぱいにトーストを頬張り、唇の端だけを動かしてしゃべった。彼が語った状況を、かたわらにいるサットンが略図にして紙に描いている。ジェームズがつづけて言った。「そう言われて待つことにしましたが、半信半疑でしたよ。ところが確かに、やつらの艦隊が日曜日の朝、港から出てきたのです。そして翌日、われらがネルソン艦隊とトラファルガー岬の沖でぶつかりました」

ジェームズはコーヒーをぐいっと飲みほした。周囲の者たちは、彼が食事を終えるのをもどかしく待っていた。ジェームズは皿をわきへ押しのけ、サットンから略図を受け取った。「まさに、これだ」と、英国戦列艦の上に指で小さな円を描いてみせる。

「われわれは戦列艦二十七隻に、ドラゴン十二頭。フランス・スペイン連合軍は戦列艦三十三隻に、ドラゴン十頭」

「二列の単縦陣で突っこみ、敵の隊列をまっぷたつにしたわけですね？」略図を見ながら、ローレンスは尋ねた。このような戦法なら敵を大いに攪乱《かくらん》できる。いったん混乱に陥ると、訓練の足りないフランス海軍は立ち直るのがむずかしいはずだ。

「おお、そう。そうです。風上の縦陣にエクシディウムとレティフィカトが、風下の縦陣にモルティフェルスが付いていました」ジェームズが言った。「各縦陣の先頭にとっては実に過酷な戦いでした。立ちこめる煙のせいでよくは見えませんでしたが、一度は、ネルソン提督のヴィクトリー号が爆発したかと思いましたよ。スペイン軍の小型の火噴きドラゴン、フレッチャ・デル・フエーゴ〔炎の矢〕が上空にあらわれ、銃撃で応戦するより早く、ヴィクトリー号のマストに火を噴いたのです。だが、そこにすぐレティフィカトが飛びこんできた。ドラゴンどうしの戦闘になれば、やつはとてもレティフィカトに太刀打ちできない。しっぽを巻いて逃げてゆきましたよ」

「それで、わが英国軍の損失は？」ウォーレンの抑えた声が、周囲の高揚感に水を差した。

ジェームズが首を振り、重苦しい調子で言った。「あれは大量殺戮《さつりく》でした。おそらく、戦死者は千人近く。ネルソン提督もあわやそこに加わるところでした。火噴きドラゴンがヴィクトリー号の帆に火を放ち、それが艦尾甲板にいた提督の上に落ちてきたんです。機転のきく者が、提督をかついで飲料水用の樽《たる》に突っこんで、命を救ったそうです。ただし、やけどを負って、勲章のメダルが皮膚にめりこんでしまった。いまや提督は、四六時中、勲章を身に付けていることになったとか」

「千人か。彼らの御霊《みたま》の安らかならんことを」ウォーレンが言い、ここで会話がしばらく途切れた。そして、前よりも抑えられた調子で再開した。

それでも、興奮と喜びこそがこの場にふさわしい感情だったのだろう。時間がたつにつれ、会話に高揚感が戻ってきた。「みなさん、そろそろ失礼します」ローレンスは、騒がしいまわりの声に負けじと声を張りあげた。この喧噪《けんそう》のなかでは、これ以上情報を引き出すのは不可能に思われた。「テメレアにすぐに戻ると約束したもので。ときにジェームズ、ナポレオンが戦死したというのは、やっぱりデマなんですね？」

「ああ、残念ながら。持病の癇癪《かんしゃく》が高じて、ぶっ倒れていないかぎり、彼はまだ生きていますよ」ジェームズが大声で返した。それを聞いて笑い声があがり、笑い声はやがて英国海軍行進曲〝樫の心《ハーツ・オブ・オーク》〟の歌声に引き取られた。だがそのころには、ローレンスは士官クラブを出て、本部棟の外に足を踏みだしていた。外にいる者たちも歌声に唱和していた。

日が昇るころには、ドーヴァー基地はお祭り騒ぎになっていた。その騒ぎのなかでは、誰も眠ってなどいられなかった。歓喜は狂乱の域に達して、限界まで昂った神経が頂を越えたところで、ようやくおだやかさが戻った。レントン空将はこの日ばかりは、なにも命令を下さなかった。基地から街に飛び出して、ネルソン提督率いる英国艦隊の〈トラファルガーの海戦〉の大勝利を触れてまわる者、市民と喜び合う者にも目をつぶった。

「ナポレオンがどんな策を練っていようが、英国本土への侵攻はこれでお流れになったにちがいないな」その日の夜遅く、チェネリーが勝ち誇ったようすで言った。みんなでバルコニーに出て、パレードが行われた下の広場から人々が引き揚げてくるのを眺めているときだった。男たちは例外なく酔っていたが、酔ってけんかをするには浮かれすぎており、その勢いでがなりたてられる歌声がバルコニーまで聞こえてきた。

「やつの顔を見てやりたかったな」チェネリーが言った。

「われわれは、彼を買いかぶりすぎていたのかもしれないな」そう言うレントン空将の頬が、ポートワインと満足感とで赤らんでいる。そこにいる全員が同じ感情を共有していた。エクシディウムをカディスに送りこむというレントンの決断が、海戦の勝利に大いに貢献したことは間違いない。「ナポレオンは、陸軍や空軍ほどには、海の戦術に詳しくない。彼はその不慣れゆえに、三十三隻の戦列艦の艦隊が、二十七隻の艦隊に負けるわけがないと考えたのだろう」

「それにしても、フランス空軍の到着がそれほど遅れたのはなぜかしら」ハーコートが言う。「ドラゴンがわずか十頭。それも半数以上はスペイン軍のドラゴンだったとか──オーストリアに配備したドラゴンの十分の一よ。ライン川流域からはドラゴンを動かさなかったのかしら」

「実際に体験したわけじゃないが、ピレネー山脈を越える航路には難所がいっぱいだそうだ」チェネリーが言う。「ナポレオンは、ヴィルヌーヴ艦隊がすでに充分な戦力を備えていると過信していたんじゃないだろうか。だから、ドラゴンたちは基地でのらくらして肥え太っていた。ナポレオンは、ヴィルヌーヴ艦隊がネルソン艦隊をなんなくすり抜けると――一隻か二隻かの損失はあったとしても、うまくかわすだろうと思っていた。そして、ヴィルヌーヴ艦隊が北上してくるのを待ちわびていたわけだな。いまごろどこにいるのだろうとやきもきしながら。そしてわれわれもまた、焦りに駆られながらその日に備えていた」

「これでナポレオンの英国本土侵攻計画はつぶされたわね」ハーコートが言った。

「海軍大臣セント・ヴィンセント卿いわく、『フランスが来ないと言っているのではない。海からは来られないと言っているのだ』。まさに卿のおっしゃるとおりだった」と、チェネリーがにやりとして言った。「だがもし、ナポレオンが四十頭の戦闘竜とそのクルーで、わが英国に勝てると思っているのなら、やってみるがいいさ。そのときは、英国在郷軍の銃撃をたっぷりお見舞いすることになるだろう。在郷軍が訓練を積んできた成果を試せないなんて残念じゃないか」

「フランス軍にさらに煮え湯を飲ませてやるのも悪くはないが――」と、レントン空将が言った。「ナポレオンもそう愚かではないだろう。いまは英国本土を守れたことに満足し、オーストリア軍がフランス軍にやり返してくれることを祈ろう。かの国はすでにナポレオンに踏み荒らされているのだから」残りのポートワインを飲みほし、レントンは唐突に言った。「もう先に延ばすのは無理だな。ショワズールから引き出せるものは、これ以上なにもないとわかった」

その場にいる全員が押し黙った。ハーコートの息を呑む音はほとんど嗚咽《おえつ》のようだった。しかし、彼女は抗うことはなく、感情を殺した声で尋ねた。「プレクルソリスはどうなりますか？」

「プレクルソリスにその意志があるならだが、ニューファンドランド島に送り出そう。島の繁殖場に雄のドラゴンが不足しているそうだ。そう、プレクルソリス自身に悪意はなかった。悪いのはショワズールだ、プレクルソリスではなく」レントンはそう言って、首を振った。「不憫《ふびん》なことだ。この基地のドラゴンたちにも動揺が広がるだろう。しかし、選択の余地はないのだから、ぐずぐずしないほうがいい。明朝に決行する」

処刑の朝、ショワズールにはプレクルソリスとの短い面会が許された。巨大なドラゴンは全身に鎖を巻きつけられ、両脇からマクシムスとテメレアに見張られていた。プレクルソリスに心進まぬ監視を押しつけられたテメレアの体がかすかに震えていた。プレクルソリスが、いやだと突っぱねるように、頭を大きく左右に振った。ショワズールが、レントンの差し出す救いの手を受け入れるように、懸命にプレクルソリスを説得していた。ついに大きな頭がうなだれ、わずかな同意を示した。ショワズールがプレクルソリスに近づき、竜の鼻づらに頬を押しあてた。

衛兵の一団が前に進み出た。プレクルソリスは彼らに飛びかかろうとしたが、巻きついた鎖に引き戻された。連れられていくショワズールの背中に向かって、甲高い声をあげた。耳に突き刺さるような悲鳴だった。テメレアが身をすくめ、翼を震わせ、低いうめきを洩らした。ローレンスはテメレアにぴたりと身を寄せて、その首を何度も撫でた。「見るな、目をそむけていろ」喉から絞り出すように言った。「すぐに終わるから」

プレクルソリスが、もう一度、高い声で鳴いた。その瞬間がショワズールの最期《さいご》だった。ドラゴンは生命力が一瞬にして消えてしまったように地面にずどんと崩れた。レントンが片手をあげ、解散を告げた。ローレンスはテメレアの脇腹に触れて言った。

「行こう。さあ、もう行こう」テメレアはただちに絞首台のそばから飛び立ち、平らかな、静かな海を目指した。

「ローレンス、この宿営にマクシムスを連れてきていいかな。それと、リリーも」バークリーが尋ねた。突然やってきて、いきなり用件を切り出す、彼らしいいつものやり方だった。「ここは、けっこう広いからな」

ローレンスは顔をあげ、ぼんやりと彼を見た。テメレアはいまも身を縮め、両翼のなかに頭を隠して、打ち沈んでいた。テメレアとローレンスは、海の上を何時間も飛びつづけた。しまいには、テメレアが体力を消耗してしまうのではないかと心配になり、ローレンスのほうから、もう帰ろうと説得した。ローレンス自身も疲れはて、まるで熱が出たように体が重かった。以前にも絞首刑に立ち合ったことがあった。それは海軍生活における厳しい現実の一端でもあった。ショワズールは、ローレンスがこれまでに絞り首を見とどけたどの男よりも、この刑を受けるに値した。なのに、どうしてこんなに胸が苦しくなるのだろう?

「いいですよ、あなたがそうしたいなら」ローレンスは熱意なく答え、また顔を伏せた。やがて竜の羽ばたきが聞こえ、マクシムスの影が地上に落ちたときも、空を見あげることはなかった。竜の影がさらに大きくなり、重々しい地響きとともにマクシムスがテメレアの隣に着地し、リリーがそのあとにつづいた。二頭のドラゴンは、すぐにテメレアに身を寄せた。ほどなくテメレアが丸めた体を伸ばし、ほかの二頭にいっそうくっつくように姿勢を変えた。リリーが巨大な翼を広げ、テメレアとマクシムスの体を包みこんだ。

バークリーは、テメレアの脇腹に背中をあずけたローレンスの隣に、有無を言わせずハーコートをすわらせた。そして自分は大儀そうに大きな体をかがめ、ふたりと向き合う位置に腰をおろし、黒っぽいボトルを差し出した。ローレンスはそれを受け取り、さしたる興味もなく飲んだ。水で薄めていない強いラム酒だった。朝からなにも食べていなかったので、すぐに酔いがまわり、逆巻く感情に覆いをかけていく酒の力に感謝した。

しばらくすると、ハーコートが泣きだした。ローレンスは自分の頬も涙で濡れていることに驚きつつ、腕を伸ばして彼女の肩を強くつかんだ。

「あいつは裏切り者。偽りにまみれた裏切り者でしかなかった」ハーコートは、こぼれる涙を手の甲でぬぐった。「少しも悲しくないわ。ぜんぜん、悲しくなんかない」まるで自分に言い聞かせるように言葉を絞り出す。

バークリーがボトルをいま一度ハーコートに差し出した。「悲しいのは、あのろくでなしのせいじゃない。きみは、残されたドラゴンのために悲しんでいるんだ。ここのドラゴンたちはみんなそうだ。彼らは王や国のことなんか考えちゃいない。プレクルソリスもそんなことはどうでもよかった。ただ、ショワズールだけを信じて、彼のやれと言うことをやった」

「教えてほしいんだ」ローレンスはふいに思い出して言った。「ナポレオンがドラゴンを反逆罪で処刑していたというのは、ほんとうなのか？」

「たぶんな。ごく稀にだが、大陸では行われているようだ。竜に責任を負わせるというより、竜の乗り手に恐れを与え、忠誠を誓わせるために」

ローレンスは尋ねてしまったことを悔やんだ。ショワズールは、少なくともそれについては、真実を語っていたわけだ。「もしショワズールが亡命したときに求めたなら、英国航空隊は植民地のどこかに彼のための避難所を見つけたはずだ」ローレンスはこみあげてきた怒りを抑えきれずに言った。「彼はどんな言い訳もできない。フランスに自分の足場をもう一度築こうとし、その野望のために、プレクルソリスを過酷な運命に投げこんだ。計画が失敗したとき、英国側が彼のドラゴンに死を宣告することもありうるとわかっていながら」

バークリーがかぶりを振った。「いや、英国では繁殖用のドラゴンが不足している。だから、そんなことはできないだろうと、ショワズールは考えていたかもしれない。彼を弁護するつもりはない。ローレンス、きみの言うことは正しいのだろう。だが、ショワズールは、ナポレオンが英国を早晩、打ち負かすだろうと思っていた。だから、英国の植民地のどこかに移り住むことは望まなかったはずだ」肩をすくめてつづける。「ただ、ドラゴンには酷い仕打ちだったな。プレクルソリスはなにも過ちを犯していないのに」

「それはちがうと思うな。プレクルソリスは過ちを犯したんだよ」テメレアが突然、口をはさんだ。みながテメレアのほうを見た。マクシムスとリリーも頭をもたげて、話に耳を傾けようとした。「プレクルソリスは、ショワズールをフランスから出すべきじゃなかったし、ぼくたちに危害を加えようとしている彼をここへ来させるべきじゃなかった。プレクルソリスがまったく悪くないとは、ぼくには思えないな」

「プレクルソリスは、ショワズールがなにを求めているか理解していなかったんじゃないかしら」ハーコートがためらいがちに言った。

テメレアが言う。「だったら、理解できるまで拒むべきだった。プレクルソリスはそんなに単純じゃないよ。ヴォリーとはちがう。彼は、自分の担い手の命を救うことができたはずなんだ。担い手の名誉さえもね。ぼくだったら、自分の担い手が処刑されることを恥だと思うな。自分が処刑されることよりもずっと」苛立つようにしっぽをぶんっと振った。「それに、ぼくは誰にもローレンスを処刑させるつもりはない。やれるもんならやってみるがいいさ」

マクシムスとリリーが同意のしるしに低いうなりを発した。「おれだって、ぜったいに、バークリーを反逆罪に関わらせたりしない」マクシムスが言った。「でも、もしそんなことになったら、誰だろうが、彼を縛り首にしようとするやつを踏みつぶしてやる」

「あたしなら、キャサリンをさらって、どこかへ逃げるわ」リリーが言った。「だけど、プレクルソリスも同じことをしたかったんじゃない？　でも、あの鎖を断ち切れなかった。彼はあなたよりずっと小さいし、毒噴きでもないしね。それに、味方がぜんぜんいなくて、監視されていた。あたしだって、逃げられなかったら、どうすればいいかわからないわ」

リリーは静かに締めくくると、新たな悲しみに沈んで頭を低くし、仲間のドラゴンに寄り添った。やがて、しばらく黙っていたテメレアが言った。「こういうのはどう？　キャサリンを助け出さなきゃいけないときは、ぼくが行くよ。マクシムス、バークリーのときだって同じだ。きみも、ぼくに同じことをしてくれると思う。だから、心配しなくていいんだ。ぼくたちを止められるものなんてなにもないよ」

三頭はこの考えに大いに活気づいていた。ローレンスはラムをたっぷり飲んでしまったことを後悔した。テメレアの意見に対して早急に反論しなければならないとわかっているのに、うまく言葉が出てこなかったからだ。

「おいおい、やめておけ。それじゃあ、おまえたちが反逆者になっちまうぞ。それだけで、わたしたちは即座に縛り首だ」バークリーが、ローレンスの言いたいことを代弁するように言った。「さて、なにか食わないか？　おまえたちが食べるまで、わたしたちも食べない。そこまでわたしたちを守ってくれるなら、まずは、わたしたちを飢えから救い出してくれ」

「そうだね、あなたを飢えさせるわけにはいかないな」マクシムスが言った。「でも、お医者は二週間前、あなたのことを太りすぎだって――」

「黙れ！」バークリーが憤慨して立ちあがった。マクシムスは、彼が挑発に乗ったことをおもしろがって鼻を鳴らした。ほどなく三頭は、説得を受け入れ、食事をとることに同意した。マクシムスとリリーは、食事のために自分たちの宿営に戻っていった。

「まだ、プレクルソリスのことを思うと悲しいよ。彼は間違ってたと思うけど……」食事を終えると、すぐにテメレアが言った。「わからないな。ショワズールを、プレクルソリスといっしょに植民地に追放してしまえばよかったんじゃない？　なぜそうしなかったんだろう」

「そうするには、代償が大きすぎるんじゃないかな。ショワズールでなければ、そうなっていたかもしれないが、とにかく、彼は絞首刑に値する罪を犯した」ローレンスは言った。食事と濃いコーヒーのおかげでようやく頭が冴えてきた。「ショワズールは、プレクルソリスだけではなく、リリーにまで苦痛を与えようとした。想像してごらん。ぼくがフランスで囚人となって、きみはフランス空軍のために戦うことを強いられる。かつての仲間や戦友を敵にまわさなければならない――ぼくの命を救うために。彼がリリーにしようとしたのは、そういうことだ」

「まあ、そうだね」その返事には、テメレアがまだ納得できていないことがうかがえた。「でもね、もっとちがう罰の与え方だってあったんじゃないかな。たとえば、ショワズールを囚人にして、プレクルソリスを英国航空隊のために戦わせるっていうのはどう?」

「かなりご都合主義だな、きみの考え方は」ローレンスは言った。「だけど、反逆罪に対して手加減していいものかどうか、わたしにはわからない。ただの懲役ではすまない、恥ずべき行いだとわたしは思うんだが」

「プレクルソリスが同じように処罰されなかったのは、生きていればまだ役に立つと見なされたからなの? ドラゴンの繁殖に彼を利用するため?」

ローレンスはそれについて考えてみたが、納得のゆく答えは見つからなかった。

「正直に言うと、われわれ飛行士は、ドラゴンを殺すという考え方にどうしてもなじめないんだ。だから、繁殖場送りは、プレクルソリスを生かすための方便なのかもしれない。それに、人間のためにつくられた法律を、そのままプレクルソリスに押しつけるのは公正だと思えない」

「ふふん、それについては賛成」テメレアが言った。「ぼくがこれまでに聞いた法律のなかには、たいして意味のないものもあったよ。あなたのためでなければ、ぼくは法律に従うかどうかわからない。もし、法律をぼくたちドラゴンにも適用するつもりなら、それについて、ぼくたちにも相談してほしい。それが道理だと思う。以前、国会について書かれた本を読んでくれたことがあったね。ドラゴンは国会には招かれないものなのかな」

「その調子だと、今度は〝代表なしの課税〟に反対するなんて言い出して、茶箱を港に投げ捨てるかもしれないな」ローレンスは〈ボストン茶会事件〉を引き合いに出して言った。「きみはどうやら、ジャコバン派の心根を持った革命家のようだ。わたしには手のほどこしようがない。きみが革命を起こすときは、きみとは手を切って、責任を回避するしかなさそうだな」

12 すさまじい咆《ほう》吼《こう》とともに

翌朝早く、プレクルソリスはドーヴァー基地を去った。ポーツマス港からドラゴン輸送艦でノヴァスコシアの小さな基地へ、そこからさらにニューファンドランド島へと運ばれ、島に到着後は、最近つくられたばかりのドラゴン繁殖場に監禁されるということだった。ローレンスは打ちひしがれたドラゴンの姿を見るに忍びなく、わざとテメレアを夜更かしさせて、プレクルソリスの出発時にはまだ眠っているようにした。

レントン空将は、みながまだ〈トラファルガーの海戦〉の勝利に沸きたち、一頭の竜の不憫な運命を嘆く気持ちをある程度は忘れられるような時機をあえて選んでいた。その日はちょうどテムズ川の河口で花火大会が催される日で、レントンは命令と称して、今回の事件で基地のなかでもっとも衝撃を受けた若いドラゴン三頭――リリー、テメレア、マクシムスをこの花火大会に送り出した。

ローレンスはその配慮に感謝しつつ、夜空で弾《はじ》ける美しい花火を眺め、川に浮かぶ艀《はしけ》から聞こえる楽団の調べに耳を傾けた。テメレアが興奮に眼を大きく見開き、その瞳孔やうろこに夜空の色鮮やかな光が反射した。音楽をもっとよく聴きとろうと、首をときどき左右に傾ける。花火大会が終わって基地に戻るときも、テメレアは音楽と花火のすばらしさについて語りつづけていた。「ドーヴァーにも、あんな音楽会があるといいんだけどなあ。ねえ、ローレンス、また行けるといいな。つぎはもう少し近くで聴いてみたいんだ。じっと静かにしてる。誰にも迷惑をかけないように」

「花火と音楽の組み合わせは、たぶん、今回だけだろうな。音楽会というのは、ふつうは音楽を聴くだけなんだよ」ローレンスは答えを濁した。音楽会にやってきたドラゴンに対する市民の反応がどんなものかはだいたい想像がつく。

「ふふん」テメレアはそれほど落胆しなかった。「音楽だけのほうがいいよ。今夜は、あんまりよく聞こえなかったから」

「ドーヴァーの街で都合よく音楽会があればいいんだがな……」ローレンスは気乗りしないままに言った。が、突然、よい考えが頭にひらめいた。「楽師たちを雇って基地に来てもらうという手もあるな。それなら、心おきなく音楽を楽しめる」

「それ、いいね。すごいや」テメレアはうれしそうに言った。そして、基地におり立つとすぐに、そのアイディアをマクシムスとリリーに伝えた。二頭ともテメレアに負けず劣らず興味を示した。

「おいおい、ローレンス。きみは、〝ノー〟という返事を知らないのか？　おかげでわれわれはいつも、突拍子もないことに巻きこまれる」バークリーが言った。「しかし、どうやって楽師たちを基地に呼ぶ？　義理ずくか、金ずくか？」

「義理ずく、というほどの義理もないな。しかし、給金をはたいて、なおかつおいしい食事をつければ、楽師たちはどこへだって来てくれるだろう」ローレンスは言った。

「すてきなアイディアね」ハーコートが口をはさむ。「わたしも音楽鑑賞は大好き。でも、音楽会には十六のときから一度も行ってないわ。あのときは、音楽会に行くために、スカートをはかなきゃならなかった。はじまって三十分とたたないうちに、とんでもない男がわたしの隣にすわって、失礼なことをささやきはじめたの。頭にきたから、ポットに入った熱々のコーヒーをそいつの膝にたっぷりと注いでやった。泡を食って逃げていったけど、音楽を聴く楽しみはそがれてしまったわ」

「いやはや。さすがだな、ハーコート。きみを怒らせることがあったとしても、ぼくにはそんな手は使わないでくれよ」バークリーが言う。ローレンスも口にこそ出さなかったが、ハーコートの災難を気の毒に思いつつ、その撃退法にはかなり恐れをなした。

「そうね、殴ってやることもできたけど、そうするには席から立たなきゃならないもの。あなたがたにはわからないでしょうけど、スカートをはいて腰をおろすのって、ものすごくむずかしいのよ。最初のときなんか、ただ椅子にすわるだけで五分はかかったわ」ハーコートはとくとくと説明した。「あれを最初からやり直すなんてまっぴら。そこへちょうど給仕が来たから、コーヒーをぶちまけるほうが手っ取り早いと思ったの。殴るよりずっとずっとしとやかなふるまいよ」

その発言にたじろぎつつ、ローレンスはふたりにおやすみを言い、テメレアとともに宿営に戻った。テメレアは事件のショックをほぼ乗り越えたように見えたが、ローレンスは今夜も小型テントを張って竜のそばに眠ることにした。そのせいで翌朝は、とんでもなく早い時刻に起こされることになった。テメレアがテントの入口から大きな片眼をのぞかせ、もし、あなたさえよければ、きょうドーヴァーの街に行って音楽会の準備をしたいのだが、と言った。

「もう少し寝かせておいてほしかったけどね。しかたない、レントンのところへ行って、外出許可をとってこよう」ローレンスはあくびをしながらテントから這い出した。

「でも、その前に朝食を食べていいかい?」

「ふふん、もちろん」テメレアは寛大な態度を示した。

ローレンスは小声でぶつぶつと文句を言いつつ、上着に袖を通し、本部棟に向かった。途中まで来たところで見習い生のモーガンと出会った。ローレンスの姿を見つけて、向こうから駆け寄ってきたのだ。「キャプテン! レントン空将がお呼びです」興奮してぜいぜいと息を切らしている少年を見て、ローレンスはこれは一大事かもしれないと覚悟した。「テメレアに戦闘の装備をさせるようにとのことです!」

「そうか」ローレンスは驚きを抑えて言った。「グランビー空尉とミスタ・ホリンにすぐに伝えてくれ。あとはグランビー空尉の指示どおりに。ほかの者にはいっさい口外しないように」

「了解!」モーガンは宿舎に向かって駆け出し、ローレンスは本部棟に向かって足を速めた。

「入りたまえ、ローレンス」ノックに応えて、レントンが言った。執務室にはすでに基地のキャプテンたちが顔をそろえていた。驚いたことに、部屋に入って真正面にあるレントンの執務机の横に、あのランキンがすわっていた。彼がロッホ・ラガン基地からこちらに着任して以来、暗黙の了解のように互いに会話するのを避けてきた。そのため、ローレンスは、彼とレヴィタスがなにをしているかをまったく知らずにいた。想像していたより、ずっと危険な任務に就いていたようだ。ランキンの足の繃帯《ほうたい》に血がにじみ、服にも血が飛び散り、面長の顔が蒼ざめて苦痛をこらえているように見えた。

レントンは遅れてきた数名が部屋に駆けこみ、ドアが閉まるのを待ってから、険しい顔つきで言った。「諸君、すでに気づいているだろうが、われわれは祝勝気分に浸るのが早すぎたようだ。キャプテン・ランキンが敵の海岸線の偵察から帰ってきた。彼は敵地にぎりぎりまで近づき、あのコルシカ人がなにをたくらんでいるかをつかんだ。まあ、これを見たまえ」

レントンが執務机に置いた一枚の紙を押し出した。紙は泥や血で汚れているが、そこにはランキンの手になる精緻《せいち》なスケッチが描かれていた。ローレンスは船とおぼしき絵の意味するものがすぐにはつかめず、眉をひそめた。戦列艦のようにも見えるが、上甲板に柵がない。マストも、砲門もない。左右の舷側に、船首から船尾まで太い横木が渡してあるのも、ふつうの船とはちがう。

「これは、なんに使うものでしょう?」チェネリーがスケッチの向きを変えて言った。

「フランスはもう充分に戦列艦を持っているはずですが」

答えたのは、ランキンだった。「ドラゴンがこれと同じ型の船を運んでいたと言ったら、どうでしょう? はっきりしませんか?」それを聞いて、ローレンスはすぐにこの船の用途を理解した。太い横木はドラゴンがこの船を運ぶときの持ち手となるにちがいない。ナポレオンは、英国海軍の大砲の届かないはるか上空を飛んで、みずからの軍団を敵地に送りこもうと考えているのだ。それも、英国航空隊が地中海方面に戦力を投じている時機に狙いを定めて。

レントンが言った。「いったい、この輸送艇でどれくらいの兵士が運べるものだろう?」

「輸送艇の長さによりますね。どれくらいでしたか? これは実際の大きさの縮尺ですね?」ローレンスは尋ねた。

「ええ、目測ですが」ランキンが答える。「一隻が飛んでいるところを見ました。舷側にそれぞれ二頭のリーパー種がいた。それでもまだ空きがあったので、船の全長はおよそ二百フィートでしょう」

「それなら、三層の甲板があってもおかしくない。ハンモックを吊して兵士を収容すれば、短い移動なら一隻につき約二千名の兵士を運べます。糧食を貯えておかないとしての計算ですが」

驚愕のつぶやきが部屋に広がった。レントンが言う。「シェルブールから発つなら、英国本土まで二時間とかからない。フランスにはドラゴンが六十頭。いや、もっと多いかもしれない」

「つまり、朝発てば午前半ばまでに、およそ三万人の兵士を英国に送りこめる……なんということだ」ローレンスの知らない、この基地に着任したばかりのキャプテンが言った。同じ計算がそれぞれのキャプテンの頭のなかを駆けめぐっていたにちがいない。英国側の戦力を思うと、みながみな、仲間を見まわさずにはいられなかった。ここにいるキャプテンの数は二十名にも満たない。しかもその四分の一が、偵察や伝令に従事するキャプテンで、彼らのドラゴンは小さすぎて戦闘には不向きなのだ。

「しかし、この輸送艇は空中では扱いにくいものなのでは？　そもそも、こんな重いものをドラゴンが運べますかね」サットンが輸送艇のスケッチをつらつらと見ながら言った。

「おそらく軽い木材でつくられているのでしょう。それに、一日か二日もてばいい船です。耐水性も必要ない」ローレンスは言った。「東の風が吹けば、追い風となって充分に運べます。この細長い形なら空気抵抗もそれほどではない。ただし、空中での攻撃にはもろい。エクシディウムとモルティフェルスは、すでにこちらに向かっているのですか？」

「到着まであと四日はかかるだろう。ナポレオンは、それも先刻承知だろう」レントンが言った。「やつは〈トラファルガーの海戦〉に、手持ちの戦列艦すべてと、スペイン艦隊までをも投入した。そして、自身は雲隠れを決めこみ、悠々《ゆうゆう》とつぎの作戦を練っていた。このチャンスを逃そうとはしないだろう」その場にいる誰ひとり、異議を唱えなかった。重苦しいが、同時にどこか興奮を含んだ沈黙がつづいた。レントンが執務机を見おろし、いつになく、ゆっくりと立ちあがった。ローレンスははじめて、レントンの頭髪が薄くなり、白いものが交じっているのに気づいた。

「諸君！」レントンの声に張りが戻った。「きょうは北の風だ。ナポレオンが良好な風を待っているのだとしたら、われわれにはまだいくぶん時間の猶予《ゆうよ》がある。偵察竜に交替でシェルブール軍港近辺をさぐらせよう。そうしておけば、敵が出陣しても、本土にたどり着く一時間前には臨戦態勢をとれる。われわれが敵に数で劣っていることは否めない。しかし、最善を尽くすのみだ。防ぎきれなかったとしても、せいいっぱい抵抗し、敵の侵攻を引き延ばしてやろうじゃないか」

誰もひと言も発しなかった。レントンがつづけて言った。「この作戦には、すべての大型、中型ドラゴンを投入する。とにかく、できるかぎり多くの輸送艇を破壊するんだ。チェネリー、ウォーレン。きみたちはリリーの戦隊の中央につけ。左右の端には偵察用ドラゴンを配する。キャプテン・ハーコート、ナポレオンは間違いなく、護衛用ドラゴンをつけてくる。きみの使命はそのドラゴンどもに戦いを挑み、できるかぎり引きつけておくことだ」

「了解」ハーコートが答え、ほかのキャプテンもうなずいた。

レントンは深くひと呼吸し、顔を手のひらでひと撫でした。「以上だ。諸君、準備をはじめてくれ」

もう箝口令《かんこうれい》を敷いておく必要はなかった。フランス軍の秘密をつかみ、逃げ帰ろうとするランキンとレヴィタスを、フランス空軍のドラゴンが追いかけ、危うく殺されるところだったのだ。敵は、すでにこちらが情報をつかんだことを察知している。ローレンスはチームの空尉たちを集め、この件について報告し、彼らをまた仕事に戻した。ニュースの断片が基地内を飛び交っていた。互いに情報を交換し合い、状況がわかるにつれて、みなの顔がこわばっていった。いつもの朝の気怠《けだる》い会話はまったく聞こえてこなかった。ローレンスは、配下の士官たちが勇気をもってこの事態を受けとめ、現場に戻っていったことを誇らしく思った。

テメレアにとって、訓練は別として、実戦に備えた重戦闘用ハーネスを装着するのは今回がはじめてだった。哨戒活動のときはもっと軽装備だし、前回の戦闘は移動中に起こったものだった。テメレアはじっとしていたが、首だけを動かして、地上クルーが頑丈に鋲打ちされた重い革製ハーネスと鎖かたびらを装着していくさまを、興奮のまなざしで見つめていた。

ローレンスは自分の装具を調べているうちに、ふと、ホリンの姿が見えないことに気づいた。宿営のなかを三度見わたし、彼の不在を確信すると、テメレアの胸と背に防御用プレートを取り付けていた武具師のプラットを呼んだ。「ミスタ・ホリンはどこにいる?」

「さあ、そう言えば、今朝から姿を見ていませんね」プラットが頭を掻きながら言った。「昨夜はちゃんといたんですが……」

「わかった」ローレンスは言い、彼を仕事に戻した。そして今度は、「ローランド、ダイアー、モーガン!」と、チームの見習い生たちを呼んだ。「ミスタ・ホリンをさがしてくれ。見つけたら、ただちにここへ来るように伝えてくれ」

「承知しました」三人は声をそろえて言い、短い打ち合わせをしたのち、異なる方向に散っていった。

ローレンスはふたたび作業の監督に戻ったが、やはりホリンのことが気がかりだった。こんな状況で彼が自分の務めを怠っていることに驚き、失望した。病《やまい》で伏せっているのか、あるいは医者に行ったのか、言い訳が立つのはそれぐらいしかないが、そうだとしても彼はチームの仲間に伝言を残しておくべきだった。

一時間ほど過ぎてテメレアの装備が完了し、グランビー空尉の指揮のもと、乗組員が搭乗訓練を行っているとき、見習い生のローランドが戻ってきた。「キャプテン!」彼女は息をきらし、顔を曇らせ、一気に言った。「ミスタ・ホリンはレヴィタスのところにいました。どうか、怒らないでください！」

「そうか」返答に困った。ホリンがレヴィタスのもとを訪れて面倒を見ているのにローレンスが目をつぶってきたことを、彼女は知らない。だから、自分が仲間の秘密を告げ口することになると思い、ためらっているのだろう。「ミスタ・ホリンは命令に応じなければならないな。もう少し待とう。もう一度行って、すぐ来いと伝えてきてくれ」

「それが……そうは言ったんですが、レヴィタスのもとを離れるわけにはいかないって……。すぐにキャプテンを呼んできてくれと、逆に頼まれちゃって。もちろん、キャプテンがよろしければ、ですが」ローランドは早口に言いきると、この不服従がどんな反応を引き出すのかをうかがうように、おずおずとローレンスを見あげた。

ローレンスもローランドを見つめ返した。こんな返事は予測していなかったが、しばし迷い、ホリンの人柄を考慮して結論を出した。「ミスタ・グランビー、わたしはしばらく離れる。代わりをきみにまかせたぞ。ローランド、ここにいて、必要なときはすぐにわたしを呼びにきてくれ」

立腹と不安とのあいだで揺れながら、ローレンスは足早にレヴィタスの宿営に向かった。ランキンからまた上層部に訴えられるかもしれないと思うと、こんな状況だけによけいに気が滅入った。今回、彼が勇敢に任務を遂行したのは誰もが認めるところだ。そんな英雄をあからさまに侮辱するのは、非礼な行為と受けとめられるだろう。それを承知しつつ、彼に対する怒りを抑えきれなかった。レヴィタスの宿営は、本部棟にいちばん近い場所にある。明らかに、ドラゴンよりもランキンの都合を優先したためだ。地面の手入れは悪く、近づいていくと、レヴィタスが泥のなかでホリンの膝に頭を乗せて横たわっているのが見えた。

「ミスタ・ホリン、いったいどうした?」ローレンスは苛立って、厳しく尋ねた。が、レヴィタスの体をぐるりと回りこんだとき、それまで見えなかった腹側に、大きな繃帯が当てられているのに気づいた。繃帯には竜特有の黒っぽい血が大量ににじんでいる。「これはひどい……」思わず声が洩れた。

物音に気づいたレヴィタスがわずかに眼をあけ、なにかを期待するようにローレンスのほうを見た。しかし、その眼は苦痛のせいか焦点が合わず、釉薬《ちゅうやく》を流したように虚ろに光っていた。ほどなく小さなドラゴンは眼の前にあるものを認識したらしく、ため息をついて、言葉もなく眼を閉じた。

「キャプテン」とホリンが声をかける。「すみません。仕事があることはわかってます。でも、放っておけなくて……。竜医にも見放されました。もう打つ手はないそうです。長くはもたないと……。だから、ここには誰もいません。水を運んできてくれる者さえ……」そこまで言って黙りこみ、ややあって言った。「ぼくは、レヴィタスを放っておけません」

ローレンスはホリンの横にひざまずき、レヴィタスに苦痛を与えないよう気遣いながら、その頭に片手を置いた。「いいんだ。気にするな。こうするしかないだろう」

こんな状況だけに、いまは本部棟が近いことがありがたかった。入口近くに居合わせた者たちに頼んでホリンの助手たちを呼びにいかせ、ランキンの所在を確かめさせた。ランキンはすぐに見つかった。士官クラブでワインを飲んでおり、さっきの血染みのついた服から新しい服に着替えをすませ、すでに酔いが顔にあらわれていた。レントン空将と偵察竜の二名のキャプテンが同じテーブルにつき、敵の海岸線を偵察する担当区域について話し合っていた。

ローレンスはランキンに近づき、声を落として言った。「ちょっと来てもらおうか。歩けないと言うのなら、引きずっていくぞ」

ランキンはグラスをおろし、冷ややかにローレンスを見つめ返した。「失礼、なんと？　これはまた、ずいぶん穏当さを欠いた――」

ローレンスは意に介さず、ランキンの椅子の背をつかんで持ちあげた。彼は前に倒れ、床に手をついた。ローレンスは、彼の上着の襟をつかみ、苦痛のうめきを無視して、無理やり引き起こした。

「ローレンス、いったいこれは――」レントン空将が驚いて椅子から立ちあがった。

「レヴィタスが危篤《きとく》です。キャプテン・ランキンは、彼の最期に立ち合うべきです」ローレンスは、ランキンの襟と腕をつかんだまま、レントンの目をまっすぐに見て言った。「彼をお借りしますよ」

テーブルを囲んでいたふたりのキャプテンが椅子から腰を浮かした。一方、レントンはランキンをしばらく見つめたのち、彼の意思表示としてゆっくり腰をおろした。「いいだろう」そう言って、ワインのボトルに手を伸ばす。そのようすを見て、キャプテンたちもおもむろに腰をおろした。

ランキンはローレンスに引きずられ、よろめきながら歩いたが、ローレンスの勢いにたじろぎ、逃げようとはしなかった。レヴィタスの宿営のそばまで来ると、ローレンスは彼に向き直って言った。「レヴィタスを惜しみなく称えろ。どういうことか、わかるな？　彼がきみから受けて当然であるのに、ついぞ与えられなかった称賛を、いまこそ彼に与えてやれ。勇敢で、忠実で、自分には過ぎたパートナーだったと言ってやるんだ」

ランキンはそれには答えず、恐ろしい異常者を見るようにローレンスを見つめた。ローレンスは彼の肩を揺さぶった。「おい、いま言ったことを、かならず言えよ。そ れでも、わたしの気持ちはおさまらないがな」荒々しく吐き捨て、ランキンをぐいっと引っ張った。

ホリンがさっきと同じように、レヴィタスの頭を膝に乗せていた。そばに置かれたバケツの水から清潔な布を取り出し、軽く絞って竜の口に水をしたたらせる。彼は軽蔑もあらわにランキンを見あげたが、すぐに顔を伏せ、竜に話しかけた。「レヴィタス、誰が来たか、見てごらん」

レヴィタスが眼をあけた。しかし、その眼は白く濁り、焦点が合っていない。「ぼくのキャプテン？」おぼつかない口調で尋ねる。

ローレンスはランキンを前に押し出し、ひざまずかせた。その荒っぽい所作にランキンがうめき、自分のズボンのふとももをつかんだ。それでも、ランキンは竜に話しかけた。「そうだ。ここにいる」それからローレンスを見あげ、ごくりと喉を鳴らし、ぎこちなく言った。「おまえはとても勇敢だった」

その口調は自然でも真摯でもなく、予想どおりの棒読みのせりふだった。しかしそれでも、レヴィタスは小さなやさしい声で「来てくれたんですね」と返し、口のまわりの水滴を舐めた。血がじわじわとあふれ出し、繃帯から地面にしたたり落ち、鈍く光る黒い血だまりをつくった。ランキンのズボンにも靴下にも、血が滲《し》みこんだ。彼は居心地悪そうに身をよじったが、ローレンスを見あげただけで、立ちあがろうとはしなかった。

小さな竜が低いため息を洩らし、浅く上下していた脇腹の動きが止まった。それがレヴィタスの最期だった。ホリンが無骨《ぶこつ》な手で、開いたままの眼を閉じてやった。ローレンスの片手は、ランキンの上着の背をつかんだままだった。それを荒っぽく持ちあげ、彼を立ちあがらせた。怒りはすでに消えて、蔑みだけが残っていた。「消え失せろ。弔うのは、きみじゃない。レヴィタスを心から慕《した》っていたわたしたちだ」ローレンスは、ランキンが去っていく姿には目もくれず、ホリンに静かに話しかけた。

「すまない。わたしは、ここにいられないんだ。あとをきみにまかせていいだろうか」

「ええ、承知しました」ホリンは小さな竜の頭を撫でながら言った。「戦いの前とあっては、なにもしてやれないですよね。でも、できるだけのことはしてやりましょう。感謝します、キャプテン。レヴィタスも喜んでいたでしょう」

「いや。あれではとても足りない」ローレンスは、しばらくレヴィタスの亡骸《なきがら》を見おろしたのち、レントンに会いに本部棟に向かった。

「なんだね？」ローレンスが執務室に入ると、レントンは顔をしかめて尋ねた。

「お許しください。あのようなふるまいをした以上、どんな罰も甘んじて受けます」ローレンスは言った。

「いや、気にするな。わたしもレヴィタスのことが気になっていた。どんなようすだ？」

ローレンスはひと呼吸入れて答えた。「息を引きとりました。ひどい怪我で苦しんだようですが、最期は安らかでした」

レントンは首を振った。「不憫なことだ……」自分とローレンスのためにブランデーをグラスに注ぐと、自分の分をふた口で飲みほし、重いため息をついた。「しかし間の悪いときに、ランキンを自由の身にしてしまったものだな。実はチャタムの基地に、すでに硬化がはじまり、まもなく孵化しそうなウィンチェスターの卵がある。わたしの責任において、緊急にその孵化に立ち合う者をチャタムに送りこまねばならない。そう、生まれてきたウィンチェスターの担い手となる者を。いま、ランキンは自分の竜をなくし、なおかつ、今回の一件で英雄になっている。もし、彼をチャタムに送るのをためらい、ウィンチェスターにハーネスを装着できなくなったら……彼の一族から激しく抗議されるだろうし、おそらくは国会でも問題にされるだろう」

「ドラゴンを彼の手にゆだねるぐらいなら、いっそ死なせるほうがましに思えます」ローレンスは自分のグラスをおろした。「孵化に立ち合う者がいますぐ求められているのなら、ミスタ・ホリンを送りこんでください。命を賭《と》して、わたしが彼の適性を保証します」

「なんだと？　きみの地上クルーの長を？」レントンは眉をひそめたが、しばらく無言で考えていた。「きみが、彼にその適性があるというのなら、一考には値するな。彼にとっては、けっして悪い転身ではないだろう。彼の出自はジェントルマン階級ではないようだが——」

「紳士《ジェントルマン》を、家柄のよい人間ではなく、道義を重んじる人間と受けとめるなら、彼はジェントルマンです」

レントンはフンと鼻を鳴らした。「その手のことにこだわるほど、われわれ航空隊は驕《おご》ってはいないぞ。よかろう、きみの提案を受け入れよう。ただし、卵の殻にひびが入る前に、われわれが敵に殺されず、捕虜にもされていなければの話だがな」

ローレンスはホリンを呼んで、彼に課された新たな任務について説明した。ホリンはローレンスを見つめ返し、取り乱して言った。「ぼくのドラゴン……？」さっと顔をそむけ、表情を隠した。彼の喜びようにローレンスは気づかないふりをした。「キャプテン、なんと感謝を申しあげればよいか……」ホリンは声が裏返らないよう懸命だった。

「きみならその務めをしっかり果たすだろうと、わたしがレントン空将に請け合った。わたしを嘘つきにしないように、己れの本分を尽くしてくれ。それでわたしは充分に報われる」ホリンに片手を差し出した。「すぐに出発だ。卵はいつ孵化がはじまってもおかしくないと聞いている。きみをチャタムまで送る馬車が用意してある」

ホリンはぼうっとしたまま、ローレンスの手を握った。そして彼の仲間が急いで荷づくりした、わずかな所持品を詰めた鞄を手に、見習い生のダイアーに付き添われ、待っている馬車に向かった。クルーたちが通りすぎるホリンにほほえみかけた。つぎつぎに手が差し出され、握手が交わされた。ついにローレンスは、これでは孵化に間に合わないのではと心配し、部下たちに声をかけた。「諸君、風はまだ北風だ。今夜はテメレアの鎧《よろい》だけをはずしてくれ」こうして、みながそれぞれの仕事に戻った。

テメレアは少し悲しげにホリンの後ろ姿を見送った。「新しいドラゴンが、ランキンじゃなくてホリンのところに行くのは、とてもうれしいよ。だけどもっと早く、レヴィタスをホリンに託してしまえばよかったんだ。ホリンなら、レヴィタスを死なせるようなことはしなかった……」クルーたちがハーネスをはずす作業をしているときに、テメレアはローレンスに言った。

「実際にそうなってみないとわからないことはあるが――」と断ってから、ローレンスは言った。「レヴィタスは、担い手を替えられることを、うれしいとは思わなかったんじゃないかな。最後まで、彼はランキンの愛情を求めていた」

ローレンスは、その夜もまたテメレアと眠った。前足のあいだに身を横たえ、霜に備えて数枚の毛布でしっかりと体をくるんだ。翌朝、曙光《しょこう》が森の木々の梢《こずえ》から差しこむ時刻に目覚めた。風が東から、フランスのほうから吹いていた。

「テメレア」大きな体を丸めていびきを掻いている竜を静かに起こした。

「風向きが変わったんだね」頭をローレンスにこすりつけながら、テメレアが言った。

ローレンスは、テメレアの小さなうろこでおおわれた鼻をやさしく撫で、五分間だけ、眠りの温かな余韻に浸ることを自分に許した。そして、テメレアに問いかけた。

「これまで、ぼくのせいできみが悲しい思いをしたことはなかったろうか。なかったことを祈りたい気持ちだ」

「ないよ、ローレンス、一度も」テメレアが低い声で答えた。

合図のベルを鳴らすと、宿舎から地上クルーが駆けてきた。鎖かたびらは昨夜から布をかけて宿営に置かれており、テメレアは戦闘用ハーネスを装着したままだったので、準備は早かった。グランビーが宿営の一角で、乗組員の搭乗ベルトとカラビナを点検した。ローレンスも彼の点検を受けたのち、ピストルの清掃と弾込めを行い、剣を腰に吊した。

空は冷えびえとして白っぽく、影のような灰色の雲が流れていた。本部からまだ命令は出ていない。ローレンスはテメレアの背に乗って、後ろ足立ちさせた。木立の向こうに黒っぽい水平線と、港で波に揺れる幾隻かの戦列艦が見えた。潮の香りに満ちた寒風が顔に吹きつける。「ありがとう、もういいよ、テメレア」竜が前足をおろし、ローレンスはふたたび地上におりた。「ミスタ・グランビー、搭乗開始だ」

ついに出陣の命令が出た。テメレアが飛び立つとき、地上クルーは声援というより雄叫びに近い声で見送った。その声が基地内にこだまするのをローレンスは空から聞いた。つぎつぎにドラゴンが飛び立った。赤と金色の鮮やかな体色を持つマクシムスはひときわ目立ち、まわりのドラゴンを小さく見せた。ヴィクトリアトゥスとリリーも、中型種のイエロー・リーパーたちのなかにあって、その大きさがきわだっていた。

レントン空将の司令官旗がオヴェルサリアからたなびいていた。オヴェルサリアは金色のアングルウィング種の雌ドラゴンで、体はリーパー種よりわずかに大きい程度だ。しかし優美な力強い羽ばたきで、みるみるドラゴンの群れから抜け出し、先頭についた。オヴェルサリアのしなやかな翼は、テメレアの翼とよく似た動きをした。大型ドラゴンは単独攻撃を命じられていたので、テメレアは編隊のスピードに合わせる必要もなく、すぐに群れの先頭に近い位置をとった。

湿った寒風がローレンスの頬を打った。群れ全体が空気を切り裂いて飛ぶ低い音のほかには、テメレアの張り切った帆を思わせる翼の力強い羽ばたきとハーネスのきしむ音しか聞こえなかった。乗組員たちは沈黙し、ひたすら目を凝《こ》らした。はるか遠くの海上に、すでにフランスのドラゴンが姿をあらわしている。あまりにも数が多く、それがひと塊になって飛んでくるため、遠い距離からだと、まるでカモメかスズメの群れのように見える。

敵ドラゴンたちは、戦列艦からの胡椒弾の射程を超えた九百フィートほど上空にいた。眼下には美しく帆を広げた英国海峡艦隊があった。戦列艦がむなしい砲撃を試みて、白煙に包まれている。多くの戦列艦が風下に位置する危険を冒して、陸地に近い位置をとっていた。もしフランス軍が海岸の断崖近くにおり立ったなら、わずかなあいだとはいえ、敵からの銃撃はまぬがれないだろう。

エクシディウムとモルティフェルスは戦隊を率いて、急遽《きゅうきょ》トラファルガーからドーヴァーへと向かいつつあったが、到着まであと二、三日はかかるということだった。フランス側が何頭のドラゴンを集めているかは定かでないが、あらかじめ苦戦は予想されていた。

だが予想するのと、実際におびただしい数の敵を目の当《ま》たりにするのとでは、まったくちがった。ランキンが偵察してきたのと同じ軽量材でつくられた輸送艇が少なくとも十二隻、それぞれの船を四頭のドラゴンが運び、それ以上の数のドラゴンが護衛についていた。こんな大量のドラゴンが近年の戦争で使われた例はないだろう。まるで十字軍遠征の時代、小型ドラゴンが主流で、強大な国家権力をもっていまよりたやすくドラゴンが養えた時代のようだ。

ローレンスは背後にいるグランビーに言った。それほど大きな声ではないが、ほかの部下たちにも充分に聞こえる声だった。「これだけ多くのドラゴンを一度に集めて維持するのは、けっして効率のよいことではない。ナポレオンはおそらくこれに賭けているだろう。こんなことは、そう何度も行えるものではないからな」

グランビーはローレンスを見返したのち、この戦いの重要性を再認識したように返事した。「いかにも。空兵に少し予行演習をさせましょうか。敵とぶつかるまで、あと三十分はあります」

「そうしよう」ローレンスは立ちあがった。強風のなか、搭乗ベルトのストラップで体をつないだまま、後ろを振り向いた。部下たちはローレンスと目を合わせようとはしなかったが、背筋が伸び、ささやき声がぴたりとやんだ。誰もが、キャプテンの前で恐れたりひるんだりするようすを見せたくないと思っているのだ。

「ミスタ・ジョーンズ、上下の入れ替わり訓練を」グランビーがメガホンを通して叫んだ。ジョーンズ空尉の監督のもと、背側《トップマン》乗組員と腹側《ベルマン》乗組員の入れ替わり訓練が行われ、身を切るような寒風で冷えきった体が温められた。訓練に励む者たちの顔からいくぶん緊張がとれたように見える。ほかの乗組員が近くにいる状況で実弾訓練は無理だったが、射撃手たちが指をほぐせるように、リグズ空尉は空砲を撃たせた。射撃手のダンの長い指も薄い手のひらも、寒さのせいで真っ白だった。彼は弾をこめようとして火薬入れを指から滑らせた。テメレアの背に落ちるわずか手前で、同僚のコリンズがぱっとつかみ取った。

テメレアは空砲の射撃訓練がはじまったときだけ、ちらりと後ろを見たが、あとは気にせず、まっすぐに首を伸ばして飛んだ。一日じゅうでも飛びつづけていられるスピードを維持し、楽々と飛んでいた。呼吸も苦しげではない。ただひとつ問題があるとすれば、それは過剰な興奮だった。敵ドラゴンの群れが視界のなかで大きくなるにつれ、テメレアは逸《はや》る気持ちを抑えきれず、スピードを上げはじめた。が、ローレンスが手で軽く触れて注意を促すと、すぐにスピードを落とし、仲間の群れに戻った。

敵の護衛ドラゴンたちは、ゆるい戦列を組んでいた。大型ドラゴンが上を、小型ドラゴンが下を飛んでいる。予想もつかない方向へすばやく動くこの護衛集団が、輸送艇と運び手のドラゴンたちを守る堅固な壁になっていた。この戦列を突破することさえできればなんとかなる、とローレンスは考えた。運び手のほとんどが中型のペシュール・レイエ種だ。ふだん運び慣れない重いものを持たされた彼らは、攻撃されれば、ひとたまりもないにちがいない。

しかし、英国のドラゴンは二十三頭。対するフランスには、護衛ドラゴンが四十頭以上もいた。そのうえ、英国のドラゴンのおよそ四分の一を、重戦闘竜よりも明らかに戦闘能力の劣るグレーリング種とウィンチェスター種が占めている。護衛ドラゴンの戦列を突破するのは、やはり無理なのだろうか。たとえ突破できたとしても、仲間の援護もなく、敵から猛攻を受けるのではないだろうか。

レントンが、オヴェルサリアから攻撃開始の合図を出した――〝接近戦に持ちこめ〟。ローレンスの全身に興奮がみなぎり、心臓が早鐘を打った。どんな戦闘のときも、この昂《たかぶ》りは交戦ぎりぎりまで去っていかない。メガホンをつかんで声を張りあげた。「標的を選べ、テメレア。輸送艇に近づけば、なんとかなる」おびただしい数のドラゴンが飛び交う混乱のなかにあって、ローレンスは自分よりもテメレアの本能を信じた。フランスの戦列にもし隙があるなら、テメレアがそれを見逃すはずはない。

その信頼に答えるように、テメレアが敵の周辺部を飛ぶ一隻の輸送艇に急行した。唐突に翼をたたみ、体当たりするように突っこんでいく。横並びになった敵の三頭のドラゴンが一斉に襲いかかってきた。テメレアはこの機を逃さず、瞬時にホバリングに切り替え、三頭のドラゴンが矢のように横を突っ切っていくのをやり過ごした。そのあとは力強く数回羽ばたくだけで、護衛を失った輸送艇の左舷に近づいた。疲弊《ひへい》したようすの雌の小さなペシュール・レイエ種が目の前にいた。飛行のペースは崩していないが、羽ばたくだけで必死のようだ。

「爆弾投下！」ローレンスは叫んだ。テメレアがペシュール・レイエの横をかすめながら、かぎ爪で切りかかり、爆撃手たちが輸送艇の甲板に爆弾を投げこんだ。ペシュールの背から銃撃音がとどろき、ローレンスの背後で叫びがあがった。コリンズが武器を落とし、搭乗ベルトでドラゴンにつながった体がぐにゃりと曲がり、ライフルが海に落ちた。ほどなく、コリンズ自身も波間に消えた。即死だったので、近くにいた者が彼の遺体を搭乗ベルトのストラップから剣で切り離したのだった。

　輸送艇は銃器を備えていなかったが、その甲板は屋根のように傾斜しており、投げ落とした三個の爆弾が煙を噴きながらむなしく傾斜を転がり落ちた。が、残り二個は甲板を転がるあいだに爆発した。ペシュール・レイエがペースを乱し、輸送艇全体が大きく傾いた。板張りの甲板に穴があき、なかにいる兵士が汚れた顔を恐怖にゆがませるのが見えた。テメレアがさっと方向転換し、輸送艇から遠ざかった。

　宙を流れていく血の筋が下方に見えた。ローレンスは身を乗り出して竜の腹部を調べたが、見える範囲に傷はなく、テメレアの飛び方にも問題はなかった。「グランビー！」大声で部下の注意を引き、血の流れを指さした。

「かぎ爪！　敵のドラゴンの血です！」ほどなくグランビーが叫び返し、ローレンスはうなずいた。

　ところが、つぎの攻撃のチャンスが訪れる前に、敵の二頭が真っ向《こう》から襲いかかってきた。テメレアはすばやく上昇して二頭をかわしたが、敵はすぐ追いかけてきた。先刻ホバリングによってテメレアに出し抜かれたことを覚えており、今度は行きすぎないように慎重に距離を詰めてくる。

レアに叫んだ。
「後退！　降下したのち攻撃！」ローレンスはテメレアに向かって声を張りあげた。テメ
「銃を構えろ！」リグズ空尉が背後にいる銃撃手らに向かって声を張りあげた。テメ

レアは深く息を吸いこむと、くるりと身をひるがえし、後ろにさがった。その後は重力との戦いを放棄し、咆吼をあげながら、二頭の敵ドラゴンめがけて垂直に落下する。風圧のなかでも、その咆吼のすさまじい音量がローレンスの骨を震わせた。敵の一頭が甲高い声をあげて飛びのき、もう一頭のドラゴンの翼に衝突した。

テメレアの背からライフルが火を噴いた。テメレアは敵の二頭とあいだを、硝煙《しょうえん》のなかを突っ切った。敵の何人かが息絶え、搭乗ベルトを断ち切られて海に落ちていった。テメレアは二頭の横をかすめる際にかぎ爪で切りつけ、一頭に深手を負わせていた。その竜の脇腹から噴き出た血が、ローレンスのズボンに降り注ぎ、生温かい感触が広がった。

テメレアと距離をあけた二頭は、なんとか体勢を立て直そうともがいていた。つぎにローレンスが振り返ったとき、悲鳴に近い叫びをあげて飛び方すらも怪しくなった一頭が、フランスの方角に逃げ去っていくのが見えた。ドラゴンの数で圧倒的な優位に立つフランスの飛行士は、怪我をおしてまでドラゴンを戦わせようとはしない。

「やったぞ、みごとだ！」ローレンスは叫んだ。こんな破れかぶれの戦いのさなかには似つかわしくない感情だと思いながらも、歓喜と誇らしさが湧きあがるのを抑えられなかった。背後でどっと歓声があがった。二頭のうちの残る一頭も、テメレアを相手にするのをあきらめ、ほかの標的をさがしにいった。まだ完全に無傷のテメレアは誇らしげに首をもたげ、ただちに最初に狙いを定めた輸送艇に向かった。

　戦隊の仲間、メッソリアがその輸送艇を攻撃していた。この雌ドラゴンと担い手のサットンには、三十年の戦闘経験がつちかった老練な手管《てくだ》があった。メッソリアは護衛ドラゴンの戦列をなんなく突破し、テメレアが先刻傷を負わせたペシュール・レイエを痛めつけていた。小型のプ・ド・シエル〔空の虱《しらみ》〕の二頭がペシュール・レイエの護衛についていたが、メッソリアは巧妙に二頭をおびき寄せ、その隙を突いてペシュール・レイエに襲いかかった。輸送艇の甲板から煙が激しく立ちのぼった。サットンの命令で爆弾が投下されたにちがいなかった。

　テメレアが近づくと、サットンがメッソリアの背中から〝左舷を攻撃せよ〟と信号を送ってきた。メッソリアが二頭の護衛ドラゴンを攻撃し、注意を引きつけた。テメレアはこの機を狙ってペシュール・レイエに接近し、鎖かたびら越しにかぎ爪を突き立てた。肉の裂ける酷《むご》たらしい音とともに血が噴きあがった。ペシュール・レイエが悲鳴をあげ、とっさにテメレアに殴りかかろうとして、輸送艇の横木を放した。輸送艇は運び手のドラゴンと幾本もの太い鎖で結ばれているものの、一瞬だけ大きく傾いた。乗りこんだ兵士たちから悲鳴があがった。

テメレアは、優雅とは言えないが巧みな動きでひょいとペシュール・レイエの攻撃をかわし、その位置にとどまったまま、かぎ爪を振りかざした。敵の鎖かたびらが裂け、かぎ爪が肉に食いこんだ。「一斉射撃!」リグズ空尉の命令とともに、ペシュール・レイエの背に銃火が炸裂した。ローレンスは、フランスの士官がテメレアの頭をピストルで狙っているのに気づき、即座にピストルを二挺《ちょう》立てつづけに撃った。二発目が命中し、士官がくずおれた。

「キャプテン、斬りこみの許可を!」背後からグランビーが叫んだ。

ペシュール・レイエの背側乗組員《トップマン》と射撃手は著しく数が減り、竜の背に大きな空《あ》きができていた。いまこそ斬りこみ隊を送りこむチャンスにちがいない。グランビーが十数名の部下を従えて、命令が下されるのを待っていた。みなが剣を抜き、いつでも搭乗ベルトのカラビナをはずせるように身構えている。

ローレンスはこのときが来るのを恐れていた。ついに来たかという思いで、テメレアに命じて敵ドラゴンに接近させた。「斬りこみ開始！」と叫び、手振りでグランビーに合図を送る。胃のあたりにズシンと重いものが落ちるような感覚を覚えた。竜を担うキャプテンにとって、部下たちが搭乗ベルトのカラビナをはずし、敵ドラゴンの背に斬りこんでいくのを見るときほど、胸を搔きむしられる瞬間はない。

このとき、近くですさまじい叫びがあがった。リリーが一頭の敵ドラゴンの顔を目がけて強酸を浴びせたところだった。敵ドラゴンは、自分のかぎ爪で顔を搔きむしった。鋭い爪を右から左へ、左から右へ、苦痛で半狂乱になっている。テメレアがそのドラゴンに同情してか、ぞくっと体を震わせた。ローレンスもドラゴンの苦悶の声に身がすくんだ。しかし、唐突にその声はやんだ。胸痛む光景だった。強酸が頭蓋を冒し、脳に達して苦しみながら死んでいくよりはと、キャプテンが竜の首を這いのぼり、頭に弾丸を一発撃ちこんだのだ。多くの乗組員が迅速にほかの味方のドラゴンに飛び移った。リリーの背に飛びおりる者もいた。が、キャプテンはそうしなかった。ローレンスは、キャプテンがドラゴンとともに回転しながら落下し、海原に消えるのを見とどけた。

グランビー率いる斬りこみ隊は、ペシュール・レイエの背で善戦していた。すでに二名の空尉候補生がペシュール・レイエと輸送艇とをつなぐ鎖を切り離す作業をはじめていた。しかし、このペシュール・レイエの悲痛な叫びを、フランス側のほかのドラゴンが聞き逃すはずはなく、一頭のドラゴンがスピードを上げて近づいてきた。一方、穴のあいた輸送艇からは勇敢な兵士たちが這い出し、味方に加勢するべく、鎖をつたい、ペシュール・レイエの背に移ろうとしていた。ふたりの兵士が傾斜のついた甲板で足を滑らせ、はるか下の海原に落ちていった。だが、まだ十人以上の兵士が、ペシュール・レイエに向かっていた。彼らが竜の背までたどり着いたら、戦いの形勢は逆転し、グランビー率いる斬りこみ隊は窮地に立たされるだろう。

そのとき、メッソリアが甲高い声で吼《ほ》えた。ローレンスは、サットンが「後退!」と叫ぶ声を聞いた。メッソリアが胸に深手を負い、血を流している。脇腹にも傷を負っているが、そこにはすでに白い布があてがわれていた。メッソリアは降下と滑空によって、やりたい放題に彼女を痛めつけていた二頭のプ・ド・シエルから逃れた。この二頭はテメレアよりも体が小さいが、双方向から二頭に攻撃されながらペシュール・レイエと戦うのはまず無理だろう。斬りこみ隊を呼び戻すか、あるいは、ペシュール・レイエの乗っ取りを斬りこみ隊にまかせていったん離れるか――ローレンスは決断を迫られた。敵ドラゴンを乗っ取るためには、斬りこみ隊はキャプテンを生かしたまま捕らえて降伏させなければならない。

「グランビー！」ローレンスは叫んだ。グランビー空尉は頬の傷の血をぬぐってあたりを見まわし、味方の情勢を確認すると、すぐにうなずき返し、離れるように手振りで示した。ローレンスはテメレアの首の横に触れ、〝いったん引け〟の合図を送った。テメレアが去り際にペシュールの脇腹に立てたかぎ爪が、白い骨まであらわにする深い傷を残した。テメレアは鮮やかなターンを切ってペシュール・レイエから離れると、ホバリングしてようすをうかがった。敵の二頭の小型ドラゴンは追ってこようとはせず、まだペシュール・レイエのそばにいたが、応援部隊を送りこもうとはしなかった。そんな無防備な体勢をとったが最後、再度テメレアが襲いかかってくるとわかっているからだ。

しかしテメレアもまた、射撃手全員と腹側乗組員《ベルマン》半数が斬りこみ隊に参加したために、敵から襲撃されれば危険な状態にあった。斬りこみ隊がペシュール・レイエを乗っ取れば、彼らはそこにいつづけることになる。運び手が三頭に減った輸送艇は、墜落することはないにせよ、まともには飛べなくなり、フランスに引き返していくだろう。しかし、テメレアの人員不足によって、敵の斬りこみ隊から襲撃される可能性は充分にある。接近戦は避けなければならない。

グランビーの斬りこみ隊は、ペシュール・レイエの背に残った最後の敵の一団と戦っていた。輸送艇から突撃してきた兵士たちより、斬りこみ隊のほうが明らかに腕の立つものがそろっている。一頭のプ・ド・シエルがすばやくペシュール・レイエの横につけ、援軍を送りこもうとした。「あいつを狙え!」ローレンスが叫ぶと同時に、テメレアが突っこんでかぎ爪パンチを見舞い、咬みついた。小型ドラゴンはたちまち逃げ去った。ローレンスはテメレアを再度、後退させようとした。が、もうその必要はなかった。ペシュール・レイエの上で勝負がついた。竜は鋭いひと声を発して、悔しそうに頭を振った。グランビーが竜の肩の上に立ち、手にしたピストルの銃口をそばに立つ男の頭にあてがっていた。ついに、ペシュール・レイエのキャプテンを人質にとったのだ。

グランビーの命令によって輸送艇とつながる鎖がはずされ、英国の手に落ちたドラゴンがドーヴァーの方角に針路をとった。命じられるままに敵国に向かうしかない雌ドラゴンは、スピードを落としてしぶしぶ飛びながら、キャプテンを気遣って何度も首を後ろにめぐらした。運び手を一頭失った輸送艇は斜めに傾き、残りの三頭がその重さにもがいている。

しかし、ローレンスに勝利を喜んでいる暇はなかった。新たな二頭の敵ドラゴンが襲いかかってきたからだ。一頭はプティ・シュヴァリエ〔小騎士〕。種の名とは裏腹に、体はテメレアよりも大きい。もう一頭は中型のペシュール・クローネ〔冠を頂く漁師〕で、傾いた輸送艇にあっという間に近づき、横木をつかんだ。輸送艇の屋根にしがみついていた兵士らが、ペシュール・クローネの乗組員に向けて鎖を放った。輸送艇はまたたく間に新たな運び手を得て、均衡を取り返し、正常な飛行に戻った。

そのうえ、二頭のプ・ド・シエルまで舞い戻ってきた。背後では、プティ・シュヴァリエが旋回している。この位置関係で応戦しても、テメレアに勝てる望みは薄かった。「テメレア、ここはいったん引こう」と、ローレンスは苦々しい思いで命令した。テメレアは方向転換して逃げたが、敵ドラゴンがすぐに追いかけてきた。テメレアは三十分近く戦いつづけており、疲労が蓄積していた。

二頭のプ・ド・シエルが、テメレアを大型ドラゴンのもとに送りこもうと、執拗《しつよう》に行く手をふさぎ、テメレアを減速させた。そこにプティ・シュヴァリエが猛スピードで追いつき、すばやくテメレアの横に並んで、斬りこみ隊を送りこんできた。「気をつけろ、敵兵が乗りこんできたぞ！」ジョーンズ空尉がしわがれた声で叫んだ。テメレアがはっと声のほうを振り返った。危機感がテメレアのなかに新たなエネルギーを生み出し、シュヴァリエを勢いよく引き離した。そのままプ・ド・シエルに襲いかかり、一頭を打ちすえて、追跡を断念させた。

しかし、テメレアの背では、乗りこんできた敵兵八人がすでに搭乗ベルトのカラビナを固定していた。ローレンスは二挺《ちょう》のピストルをベルトに突っこみ、自分の搭乗ベルトのストラップを最大限に延ばして立ちあがった。ジョーンズ空尉率いる五名の背側乗組員《トップマン》が、テメレアの背の中央で敵の斬りこみ隊に懸命に応戦した。ローレンスはテメレアの背にそって敵兵に近づき、ピストルを放った。一発目は大きくそれたが、二発目が敵兵の胸に命中した。兵士は口から血を噴きながら倒れ、搭乗ベルトのストラップからだらりとぶらさがった。

それからは火花の散るような剣の戦いがつづいた。空がすさまじいスピードで流れ、ローレンスには目の前にいる敵しか見えなくなった。フランス軍士官がローレンスの肩の金の線章に気づき、ピストルを構え、何事かを叫んだ。が、ローレンスにはほとんど聞きとれなかった。かまわず剣を持った右手で敵のピストルを叩き落とし、左手に持ったピストルの床尾《しょうび》で男のこめかみを殴った。敵の士官が倒れるのと同時に、その背後から剣を持った敵兵が突進してきた。しかし、向かい風のために男は思うように進めず、剣先がかろうじてローレンスの革の飛行服を切り裂いただけだった。

ローレンスは敵の搭乗ベルトのストラップを剣で叩き切り、ブーツのかかとで蹴り飛ばした。男は宙に放り出され、落下した。ローレンスは、斬りこみ隊がまだ残っていないか、あたりを見まわした。敵は全員、死んでいるか武器を奪われていた。英国側で落下したのは、チャロナーとライト。ジョーンズ空尉は搭乗ベルトのおかげで宙にぶらさがっていたが、胸の傷口からは血が噴き出していた。救出される前に、彼は最期の荒い息をつき、絶命した。

ローレンスはジョーンズの遺体を引きあげ、見開いたままの目を閉じてやった。それから自分の剣をベルトにしまった。「ミスタ・マーティン、ジョーンズ空尉に代わって、きみが背側乗組員《トップマン》を率いてくれ。さあ、敵の死体を片づけよう」

「了解」マーティンは息が乱れ、頬に傷を負い、黄色い髪に鮮血が飛び散っていた。

「キャプテン、腕はだいじょうぶですか?」

ローレンスは自分の腕を見おろした。上着の裂け目からわずかに血が染み出しているが、腕の動きに支障はなく、痛みもなかった。「ただのかすり傷だ。縛っておけば血は止まるだろう」

ローレンスは竜の背を移動し、首の付け根のキャプテンの定位置に戻ると、搭乗ベルトをしっかりと固定した。襟もとからクラヴァットを引き抜き、傷口を縛った。

「敵の斬りこみ隊は全滅した!」そう叫んだとたん、テメレアの肩の緊張がやわらいだ。斬りこみ隊が乗りこんできたとき、いったん身を引いたのは正しい選択だった。

しかしここでまた、戦いの渦中に戻らなければならない。上空を見あげると、硝煙にもドラゴンの翼にもさえぎられず、空中戦の全容を見ることができた。

三隻を除けば、あとの輸送艇はまだどんな攻撃も受けず、無傷のままだった。英国のドラゴンは、フランスの大量の護衛ドラゴンにかかりきりだった。リリーはほぼ単独で行動し、彼女に付き添うのはニチドゥスだけで、戦隊のほかのメンバーはローレンスの視力でとらえられる範囲には見あたらなかった。マクシムスをさがすと、彼の宿敵であるグラン・シュヴァリエ〔大騎士〕と戦っているのが見つかった。ふたたび相まみえるまでの二か月間が、マクシムスをグラン・シュヴァリエとほぼ同じ大きさまで成長させていた。二頭はかぎ爪パンチの応酬で互いを引き裂き合う、熾烈《しれつ》な戦いをつづけていた。

距離があいているため戦闘の音はくぐもって聞こえたが、下方からは不吉な音がとどろいていた。岸壁のふもとに波が打ち寄せ、砕け散る音だった。空の戦場は徐々に移動し、いつのまにか陸地に近づいていた。地表で赤と白の軍服を着た英国軍兵士が隊列をつくっているのが見えた。時刻はまだ正午にもなっていない。

そのとき、重戦闘竜六頭から成る戦隊が、フランス軍ドラゴンの群れから一気に飛び出し、陸地の上空に到達して、咆哮をあげながら爆弾を投下した。赤い上着の隊列が風を受けたようになびき、中央にいた在郷軍が散りぢりになった。膝をつく者、頭をかかえる者がいたが、実質的な被害はそれほど大きくはならなかったようだ。地上からライフルが火を噴いた。ローレンスはそれが弾の無駄遣いでしかないことをすぐに見抜き、暗澹《あんたん》たる気持ちになった。先頭の輸送艇がこともなげに降下をはじめた。

運び手のドラゴン四頭がぐっと中央に寄り、輸送艇のほぼ真上に固まって飛んでいた。船底の竜骨が地面をえぐるように着地し、岩石や泥の塊が英国軍兵士の最前列を直撃した。兵士たちが両手をあげて吹っ飛び、地面に倒れこんだときには半数が死んでいた。輸送艇の前面が納屋の扉のように開いて、ライフルの一斉射撃が前列の英国軍兵士をなぎ倒した。

「皇帝万歳《ヴィヴランプルール》!」の叫びとともに、フランス軍兵士が硝煙をくぐって輸送艇から雪崩《なだれ》のようにあふれ出した。千人以上はいる。二門の十八ポンド砲も引き出されている。大砲を守るためにフランス軍兵士は戦列を組み、砲手が砲撃の準備を急いだ。赤い軍服の英国軍がライフルで応戦し、ほどなく在郷軍が、かなりくたびれた一門の大砲を引きずってきた。が、フランス軍兵士たちはよく鍛えられていた。何十人かの死者は出たものの、隊列を崩さず陣を守り、一歩も引こうとしなかった。

輸送艇を運んできた四頭のドラゴンが、鎖を解かれて空中戦に加わることになり、英国航空隊は数の点でますます不利になった。数を増した護衛に守られ、二隻目の輸送艇が着陸するまで、それほど時間はかからないだろう。二隻目の運び手たちが自由になれば、状況はさらに悪くなる。

マクシムスが雄叫びとともにグラン・シュヴァリエに切りかかり、その勢いで、降下をはじめる輸送艇に襲いかかった。巧みとはおよそ言えない、根性だけの体当たりだった。二頭の小型ドラゴンに行く手をふさがれても、マクシムスはこの突撃に全エネルギーを集中させた。かぎ爪で切りつけられても、咬みつかれても、とてつもない力でそれを跳ね返した。一頭が脇へ吹っ飛んだ。あとの一頭、赤と青の縞を持つオヌール・ドール〔黄金の栄光〕は断崖に激突し、片翼だけをだらりと開いて落ちていった。それでも死なずに、もう一度上に這いあがろうと絶壁を爪で掻き、白い粉塵《ふんじん》があたりに撒き散らされた。

英国の二十四門フリゲート艦が、海岸線近くに待機していた。フリゲート艦は、チャンス到来とばかりに、這いあがろうとするオヌール・ドールに二重装塡片舷斉射を放った。雷鳴のような轟音《ごうおん》とともに、途中まで這いあがったドラゴンが悲鳴をあげながら落下し、岩礁《がんしょう》に叩きつけられた。非情な波がその死骸を砕き、生き延びた乗組員がつぎつぎに岩の上に這い出してきた。

上空では、マクシムスが二隻目の輸送艇の甲板におり立ち、その鎖をかぎ爪でつかんで壊そうとしていた。マクシムスの重みが運び手のドラゴンたちにのしかかるが、それでも四頭は必死に羽ばたき、少しでも輸送艇を先に進めて、なんとか断崖のへりに着地させようとした。だがついに、マクシムスが鎖を破壊した。輸送艇がおよそ二十フィートの高さから地面に墜落し、卵の殻のようにまっぷたつに割れて、兵士や大砲がこぼれ出た。だが、この高さでは、すべてを破壊し尽くすには至らなかった。生きている者たちがすぐに立ちあがり、すでに形成されているフランス軍の戦列に全力で駆けていく。

マクシムスは、英国軍の戦列の後方におり立った。冷えきった大気のなかで脇腹から湯気が吹き、体じゅうの傷から血が流れ、翼が地面にしなだれている。もう一度羽ばたこうとしたものの、それもできずに四肢を震わせてうずくまった。

敵はすでに、三、四千人の兵士と五門の大砲を地上に送りこんでいた。英国軍は二万人ほどがひとつの陣を成し、そのほとんどを在郷軍が占めていた。彼らは上空をドラゴンが飛び交う状態での突撃を期待していたにちがいなく、予想外の展開に恐れをなして逃亡する兵士もあらわれた。フランス軍の司令官はよほどの愚か者でないかぎり、せめてあと三、四隻は輸送艇が着地するのを待って攻撃を開始するだろう。そして英国の砲台を乗っ取り、それを今度は空に向けて英国のドラゴンを狙い、残る輸送艇の進入路を確保しようとするだろう。

「ローレンス」テメレアが首を後ろにめぐらして言った。「また二隻が着陸しようとしてる！」

ローレンスは低い声で答えた。「あれを阻止しよう。着陸させてしまったら、地上戦は敗北するぞ」

テメレアは無言のまま針路を変えて、これから着陸しようとする輸送艇の先頭を行く一隻に向かった。そして、ふたたび言った。「ローレンス、勝てるのかな」

まだ幼さの残る士官見習いの少年たちがふたり、前方の見張りについており、テメレアの問いかけを聞いていた。少年にも聞こえることを意識して、ローレンスはテメレアに返事した。「永遠に勝ちつづけることはありえないとしても、いまは力を尽くして祖国を守ろう。あの輸送艇団を無理やり一箇所にまとめてしまうか、あるいは、地勢的に不利な場所に着地させるか、どちらかだな。そうすれば、在郷軍がしばらくのあいだフランスの進軍を防いでくれる」

テメレアがうなずいた。テメレアは語られなかった真実を理解したはずだ。すなわち、この戦いが敗北に終わるとしても、最後まで抵抗をあきらめない──。「がんばらなきゃね。友だちが戦ってるときに、助けないわけにはいかないからね」テメレアは言った。「少しはわかった気がするよ──これが、あなたの言ってた〝己れの本分を尽くす〟ってことだね?」

「そうだ」と、ローレンスは答えた。言葉にならない思いが喉もとにつかえて痛いほどだった。テメレアは輸送艇を何隻か追い越し、陸地の上空に達した。地上には、在郷軍が赤い海のように広がっている。テメレアは先頭の輸送艇と真正面から向き合った。ローレンスが言葉をかけている時間はなかった。攻撃前のぎりぎりの瞬間、テメレアの首に軽く触れて、無言で心を通い合わせた。

地上が見えたことで、フランスのドラゴンたちの士気があがり、輸送艇の速度が上がっていた。輸送艇の前部を受けもつのは、二頭のペシュール・クローネだった。二頭ともほぼ同じ大きさで、無傷のままだ。ローレンスは攻撃目標の選択をテメレアにまかせ、二挺《ちょう》のピストルに弾をこめた。

テメレアはホバリングして、敵ドラゴンの行く手をはばむように翼を大きく開いた。冠翼が本能的に逆立ち、レースのような淡い灰色の薄膜《はくまく》が日差しを透かして輝いた。テメレアが大きく息を吸いこむと、竜の体の深部から振動がゆっくりと体全体に広がった。胸郭《きょうかく》が内側から押し広げられ、脇腹が大きくふくらんでいく。あばらがくっきりと浮き出し、皮膚にこれまで見たこともない奇妙な張りが生まれた。ローレンスはただならぬことが起きるのを予感した。テメレアの肺のなかで空気が動きだし、振動し、共鳴するのを感じた。

ドラムロールにも似た低い響きが内部で生まれ、しだいに大きくなった。「テメレア！」ローレンスは叫んだ。いや、叫ぼうとしたが、自分の声などまったく聞こえなかった。激しい震えがテメレアの全身を駆け抜け、それを追いかけるように蓄えられた息が前方にせり出した。テメレアが顎を開いたとき、そこから出てきたのは、すさまじい咆吼《ほうこう》――いや、それは音というより、エネルギーの塊だった。巨大な咆吼の衝撃波が、ローレンスの目の前の空気をゆがませた。

視界が霞《かす》み、束の間、なにも見えなくなった。が、視力が戻っても、目の前で起きたことを理解できなかった。向かってくる輸送艇が、巨大なこぶしで舷側を叩きつぶされたように、木っ端みじんに砕け散っていた。軽量の木材がバキバキと音をたてて壊れ、兵士や大砲がこぼれ出て、波が打ち砕ける断崖に落下した。顎も、耳も、頭も、殴られたようにずきずきと痛む。ローレンスの下で、テメレアの体がなおも震えつづけていた。

「ローレンス、ぼくがやったみたいだね」テメレアが言った。声から伝わってくるのは、喜びではなく、驚愕と恐れだった。ローレンスも同じだった。すぐにはしゃべれないほどショックに打ちのめされていた。

破壊された輸送艇を運んでいた四頭のドラゴンは、船の横木に鎖でつながれたまま落下した。ドラゴンが鼻孔から血を流し、むせ返り、苦痛の叫びをあげた。左舷前方にいたドラゴンを助けようと、まだ生きている乗組員が鎖をはずし、木っ端を取り除く。ドラゴンは力を振り絞って羽ばたき、わずかな距離を飛んで、フランス軍の陣営後部に着地した。キャプテンと乗組員がつぎつぎに飛びおりた。傷を負ったドラゴンは体を丸め、前足で頭を引っ掻き、うめきつづけた。

英国軍の陣営で歓声があがった。と同時に、フランス軍が銃撃を開始した。地上の兵士たちがテメレアを狙っていた。「キャプテン、ここは大砲の射程に入っています。敵からの砲撃はまもなくかと」マーティンが焦りをにじませて言った。

テメレアはそれを聞いて、ただちに海の上空へ移動した。大砲の弾の届かないところまで来ると、ホバリングで宙にとどまった。

フランス軍の進撃はしばらくのあいだは止まった。数頭の護衛ドラゴンが、接近するのをためらって、旋回をつづけていた。彼らも、ローレンスやテメレアと同様に混乱しているのだ。それでも、フランス空軍のキャプテンたちが事態を理解する――少なくとも落ちつきを取り戻すのは時間の問題だった。そうなったら、敵は一斉にテメレアを攻撃してくるだろう。衝撃を与えたことでわずかな時間を稼げたが、それが永遠につづくわけではない。

「テメレア！」ローレンスは差し迫った状況をつかんで呼びかけた。「陸に近づく輸送艇を狙おう。低空飛行で、できれば下から、断崖の高さから。ミスタ・ターナー！」信号手を振り返って言った。「下の艦隊に信号を送ってくれ。〝敵をさらに引き寄せろ〟と。わたしの意図を、彼らは理解してくれるだろうから」

「やってみるよ」テメレアは少し不安げだったが、急降下し、力をためて先と同じようにとてつもなく大量の空気を吸いこんだ。それから首を後ろにしならせ、ふたたびあの咆吼を発した。その衝撃が海の上空を飛んでいる輸送艇の船底を襲った。距離が開いていたため木っ端みじんにはならなかったが、大きなひびが入った。運んでいる四頭のドラゴンは、輸送艇が大破する前に陸地まで運ぶだけでせいいっぱいだった。

敵ドラゴンが矢じり形の編隊を組んで、テメレアに襲いかかってきた。グラン・シュヴァリエ率いる重戦闘竜六頭の戦隊だ。テメレアは身をひるがえし、ローレンスの合図で海面近くまで急降下した。そこには六隻のフリゲート艦と三隻の戦列艦が待機している。テメレアは舷側砲の砲身の横をかすめて飛んだ。大砲がつぎつぎに火を噴き、追いかけてきたフランスのドラゴンたちは砲弾を避けようと焦り、甲高い声をあげて散りぢりになった。

「さあ、つぎだ！」ローレンスはテメレアに叫んだ。だが、そんな命令は不要だった。テメレアはすでに方向を換え、二番目の輸送艇に向かって飛んでいた。その船の運び手は四頭の大型ドラゴンで、甲板にはイヌワシの紋章の軍旗がたなびいている。

「あれって、彼の旗？」テメレアが振り返って叫んだ。「ナポレオンが、あの船に乗ってるの？」

「わからない。だが、総司令官の乗った船にはちがいない」ローレンスは風に負けまいと大声で返した。期待が高まり、ゾクゾクした。護衛ドラゴンたちが上空でふたたび編隊を組み、テメレアを攻撃する機会を狙っている。テメレアは激しく羽ばたいて突き進み、彼らから距離をとり、咆吼を放った。狙いを定めた輸送艇はとりわけ大きく、重く頑丈で、そう簡単には壊れなかった。しかし、厚い板がピシピシと音をたててひび割れ、木片が飛び散った。

テメレアは再度の攻撃を試みる位置をさがして降下した。そこにリリーがあらわれ、つぎにオヴェルサリアがつづき、テメレアの両脇についた。オヴェルサリアからレントン空将がメガホンを使って叫んだ。「いいぞ、どんどん行け！　襲いかかれ！　こいつらはわれわれが引き受けた！」リリーとオヴェルサリアは、またもテメレアを追いかけてきた護衛ドラゴンたちの行く手を阻もうと旋回をはじめた。

だが、テメレアがつぎの咆吼を放つために舞いあがろうとしたまさにその瞬間、イヌワシの軍旗の輸送艇から、新たな信号旗があがった。それを見た運び手の四頭の大型ドラゴンが、宙に大きく円を描いて方向転換した。退却だった。空の戦場にはまだ何隻もの輸送艇と護衛のドラゴンがいたが、すべての輸送艇と護衛ドラゴンがつぎつぎに方向転換し、フランスの方角を目指した。フランス軍は、長く苦しい飛行になることを承知のうえで、退却を選んだのだ。

エピローグ

「ローレンス、お願い。わたしにワインを持ってきて」ジェーン・ローランドはそう言うと、ドレスにしわが寄ることなどおかまいなしに、ローレンスの隣の椅子にどさりと腰をおろした。「ダンスは二曲だけで充分。もうここから立てないわ」

「なんなら、もう行こうか?」ローレンスは立ちあがって尋ねた。「喜んであなたを送っていくよ」

「ちょっと。わたしがドレスに不慣れで、ひとりで歩かせるとみっともなく転ぶとでも思ってるの? だったら、このハンドバッグで頭を殴るわよ」ジェーンは深みのある笑い声をあげた。「このおめかしのためにどんなに苦労したか。そう簡単に、しっぽを巻いて逃げるもんですか。今週中に、わたしとエクシディウムはドーヴァー基地に戻る。そうなったら、つぎはいつ舞踏会に行けるか、わかったものじゃない。わたしたちを称える舞踏会なんて、なおさらだわ」

「ローレンス。なんなら、ぼくが使い走りになるぜ。このうまいフランスのワインがこれ以上回ってこないなら、こちらから取りにいってやるまで」チェネリーも椅子から立ちあがって言った。

「そうだ、そうだ」バークリーが言う。「馳走《ちそう》を持ってまいれ」

彼らは宴《うたげ》の人込みから離れたテーブルにいた。夜も更けるほどに舞踏会の参加者はふくらみ、ロンドン社交界はトラファルガーとドーヴァーの戦いの勝利に酔いしれ、以前は蔑んでいた飛行士たちを——たとえ一時的にせよ——もてはやしていた。ローレンスの軍服とキャプテンを示す肩の線章は、それだけでほほえみと優先権を引き出し、なんなくワインのグラスを手に入れることができた。葉巻もほしいところだが、今夜はあきらめることにした。葉巻をたしなまないキャサリン・ハーコートのいる前で葉巻を吸うのは非礼にあたるからだ。そのかわり、テーブルにいる誰かが所望するかもしれないと、もう一杯、グラスのワインを用意した。

これで両手がいっぱいになったので、席まで戻る途中、誰かから声をかけられても会釈するだけですむのは大いにありがたかった。「キャプテン・ローレンス」と、ミス・モンタギューが声をかけてきた。以前、両親の家で会ったときより格段に愛想がよく、ローレンスに手を差し出せないことに残念そうなそぶりさえ見せた。「またお会いできてうれしいわ。ウラトンホールのお屋敷でごいっしょしてから、まるで何年もたったみたい。テメレアちゃんはお元気かしら。あなたのご活躍を知って、ものすごくびっくりしたけど、あなたなら立派に戦うと信じていたわ。そのとおりになったのね」

「テメレアは元気ですよ、お気遣いありがとう」ローレンスはせいいっぱい丁重に返した。〝テメレアちゃん〟には閉口したが、両親の家を客として訪れる女性に失礼な態度をとるわけにはいかない。たとえ、ローレンスに対する世間の称賛によって父が態度をやわらげることがいまもってないとしてもだ。それに、父との仲を悪化させるようなことをすれば、否応なく母を困らせることになる。

「ウィンズデール卿をご紹介するわ」ミス・モンタギューが言い、連れの男性のほうを振り向いた。「キャプテン・ローレンスですわ。ご存じでしょうけど、アレンデール卿のご子息で……」彼女がひそひそ声で付け加えたことは、ローレンスにはほとんど聞きとれなかった。

「ふむ、なるほど、なるほど」ウィンズデールは、わかっていると言いたげに何度もうなずいた。「ローレンス、きみはいまや時の人だ。大評判じゃないか。きみが例のけだものを手に入れたのは、わが英国にとって大いなる幸運だった」

「それはどうも、ウィンズデール」ローレンスは、同じ程度に横柄《おうへい》な態度で返した。

「では、失礼します。ワインがぬるくなってしまいますから」

ミス・モンタギューは、ローレンスの非礼をけっして見逃さなかった。怒りの表情が一瞬、顔を通り過ぎたが、すぐに満面の笑みを浮かべて言った。「どうぞ、どうぞ！　ところでミス・ガルマンにお会いになったら、あたくしからよろしくと伝えてね。あら、いけない。いまは、ミセス・ウールヴィーだったわね。彼女、もうロンドンの街屋敷にはいらっしゃらないのかしら」

ローレンスは嫌悪感もあらわにミス・モンタギューをにらみ返した。以前、ローレンスとイーディス・ガルマンがどういう関係にあったかを知っていながら、彼女はこんな棘《とげ》のある言葉を放ったのだ。「ええ。ウールヴィーご夫妻は、いまは湖水地方へ旅行中とのことですよ」ローレンスはそう言うと、一礼してその場から立ち去った。ミス・モンタギューにしてやったりと思わせずにすんだことを母に深く感謝した。

イーディスの結婚については、戦いのすぐあと、母が手紙で知らせてくれた。ローレンスは、その手紙をドーヴァー基地で受け取った。母は、イーディスがバートラム・ウールヴィーと結婚したことを伝えたあと、つぎのように書いていた。「これを読んでも、あなたが心をあまり痛ませないように祈ります。あなたが彼女を長く慕ってきたことは知っています。彼女はとても魅力的な女性ですものね。ただし、今回の彼女の決断を、わたしは評価できません」

だが、ローレンスがイーディスのことで痛烈な一撃を受けたのは、手紙で結婚を知らされるはるか以前のことだった。彼女が誰かを見つけて結婚するだろうという予感がなかったわけではない。いまは嘘偽りなく、心配しなくてもだいじょうぶだと母に請け合える。それに、イーディスの選択を自分は非難できる立場にはないと思っていた。たとえ彼女と結婚しても、うまくいっていたかどうかはわからない。振り返れば、この九か月あまり、彼女のことをほとんど思い出すことがなかったのだから。それに、ウールヴィーが完璧な夫にならないとは言いきれない。しかし、自分はだめだ、良き夫にはなれるはずがない。ローレンスは、今度イーディスに会うことがあったら、彼女の幸せを心から祈っていると伝えようと思っていた。

とはいえ、ミス・モンタギューの悪意は腹立たしかった。不機嫌なしわが顔に刻まれていたにちがいなく、席に戻ると、グラスを受け取ったジェーンが言った。「ずいぶん長くかかったのね。困った人でもいた？　気にしないことね。外をぶらついてくるといいわ。テメレアが楽しむ姿を見れば気も晴れるから」

ローレンスはすぐにその提案を受け入れた。「そうするよ。みなさん、ちょっと失礼します」テーブルの仲間に会釈をした。

「マクシムスのようすも見てきてくれないか？　もっと食事がいるかどうか訊いてくれるとありがたい」席を立ったローレンスに、バークリーが声をかけた。

「リリーのこともお願い！」ハーコートはそう言ってから、まわりのテーブルの客が聞いていなかったかどうか確かめるようにきょろきょろした。当然ながら、ここにいる人々は、飛行士の連れの女性たちが彼らの妻ではなく、仲間のキャプテンであることを知らない。ジェーンの顔の傷痕を驚いて見返す者も何人かいたが、彼女は平然と無視していた。

ローレンスはかまびすしく議論がつづくテーブルをあとにして、戸外に向かった。ロンドン郊外にある基地は、ずいぶん以前から街の発展に浸食され、英国航空隊からは見放された存在になっている。いまでは伝令使とそのドラゴンが使用する程度だが、今夜のような催しがあるときは、一時的に手を入れられて、かつて本部棟があった北の端に巨大なテントが設営された。

飛行士たちの要望によって、今夜の楽団は大型テントのいちばん端に位置を占めていた。ここなら外にいるドラゴンたちも、楽団を囲むように音楽を聴くことができる。楽師たちは、最初はドラゴンを恐れ、それぞれの椅子をじりじりと竜たちから遠ざけようとした。しかし夜が更けるにつれて、騒がしい社交界の人々よりも、ドラゴンのほうがよほど鑑賞する耳を持つ聴衆だと気づいたようだ。恐怖心は払拭《ふっしょく》され、楽師たちは、演奏する音楽に真摯に耳を傾けられることへの自負心すら覚えていた。ローレンスは、楽団の第一ヴァイオリン奏者がほかの楽団員のことはすっかり忘れ、ドラゴンたちの音楽教師となるべく、さまざまな作曲家の一節や、雰囲気の異なる楽曲のメロディーを、たてつづけに演奏していることに気づいた。

熱心に耳を傾けるドラゴンの一団のなかにマクシムスとリリーの姿があり、うっとりと音楽に聴き入っては、楽師にあれこれ質問している。意外にも、テメレアの姿はその一団のなかには見あたらず、あたりをさがすと、そこから少し離れた小さな宿営で体を丸め、ひとりの紳士と話していた。

ローレンスは音楽を聴くドラゴンたちを迂回《うかい》してテメレアに近づき、そっと名前を呼んだ。その声を聞きつけ、紳士が振り向いた。なんと、テメレアと話していたのはドラゴン学者のエドワード・ハウ卿で、ローレンスに挨拶しようと足早に近づいてきた。

「お会いできてとてもうれしいです」とローレンスは、握手の手を差しのべて言った。「あなたがロンドンに戻っておられるとは知りませんでした。ここにきてすぐに、あなたの所在を問い合わせてみたのですが」

「わたしはアイルランドで、あなたの戦功を知りました。ロンドンには着いたばかりです」エドワード卿が言った。ローレンスは、彼がまだ旅装のままで、靴に泥が付いているのに気づいた。「どうかお許し願いたい。あなたとお知り合いであるのをいいことに、正式な招待もないのに、ここへ来てしまった。手っ取り早くあなたとお話ができると思ったので。しかし、パビリオンの人込みを見て、これはテメレアといっしょに外で待っていたほうがよいと判断しました。わざわざあなたをさがさなくても、ここにいれば、いずれあなたのほうからやってくるだろうからと」

「お待たせして、すみませんでした」ローレンスは言った。「ぜひとも、お話がしたいと思っていました。実はテメレアに新たな能力が発現したのです。いや、すでにお聞きおよびかもしれませんね。それに関して、テメレアは、吼えるときと同じ感覚だとしか言いません。なぜ、咆吼することで、あんな特殊な破壊力が生まれるのか、われわれには説明できないのです。そもそも、あんな能力が存在することじたい、聞いたことがありませんでした」

「そうでしょうとも」エドワード卿が言った。「ローレンス――」彼は口をつぐみ、大型テントと自分たちのあいだにいるドラゴンの一団をちらりと見やった。折りしも曲の演奏が終わり、ドラゴンたちが称賛のこもった低いうなりを発していた。「どこか秘密が守れる場所でお話しできませんか?」

そこにテメレアが口をはさんだ。「それなら、ぼくの宿営がいいですよ。内緒話をしたいときは、いつもそこへ行くんです。ふたりを運んでいきたいな。飛んでいけば、すぐだから」

「おお、それはいい。かまいませんか?」エドワード卿がローレンスに尋ねた。テメレアは、前足のかぎ爪でふたりをそっと包んで宿営まで飛び、自分も心地よさげに身を落ちつけた。「すっかり面倒をおかけしておりますな。せっかくの舞踏会なのに……」と、エドワード卿が言った。

「いいえ、実は抜け出せてほっとしています」ローレンスは言った。「どうぞお気遣いなく」エドワード・ハウ卿から専門的な話を早く聞きたかった。ナポレオンの刺客にテメレアが狙われるかもしれないという不安がつねにつきまとっていたのだが、今回の勝利によって、危険はさらに増したと思われる。

「長くお時間はとらせません」エドワード卿が言った。「テメレアのその能力がいかなる力学の原理によって引き起こされるのか、わたしには到底、理解できるものではありません。ですが、その能力に関する記述ならよく知っています。それだけは間違いない。テメレアに新しく発現した能力――それは、中国や日本で〝神の風《ディヴァインズ・ウィンド》〟と呼ばれているものだ。だが、これだけなら、あなたはすでにどこかで話を聞いておられるかもしれない。重要なのは、つぎの点です。つまり、この能力は、ある特定の種にしか発現しないということです――すなわち、〝天の使い《セレスチャル》〟にしか」

しばし、沈黙がつづいた。これをどう受けとめるべきか、ローレンスにはすぐに答えが出なかった。不安そうにふたりを交互に見ていたテメレアが尋ねた。「インペリアルとはすごくちがうの？　どちらも中国種なんでしょう？」

「それはもう、とてつもなくちがう」エドワード卿が答えた。「インペリアル種のドラゴンも充分に珍しい。だが、セレスチャル種は、皇帝か、皇帝にごく近い血族だけが所有できるドラゴンなんです。おそらくは、この広い世界に数頭しか存在しない」

「皇帝だけが……」ローレンスはエドワード卿の言葉を繰り返した。驚きに打たれながらも、事態が少しずつ呑みこめてきた。「実は、まだお伝えしていなかったのですが、フランスのスパイが、今度の戦いの少し前、ドーヴァー基地に入りこんでいました。そのスパイが明かしたところでは、テメレアの卵は、フランスではなくて、ナポレオン自身に贈られたものだったそうです」

エドワード卿がうなずいた。「そう聞いても、驚きませんよ。昨年五月、ナポレオンは、元老院の承認によって皇帝の称号を得ました。あなたがフランス艦と出会った時期を考えると、おそらく中国は、ナポレオンが皇帝になった知らせを受けてすぐ、稀少種の卵を祝いの品としてナポレオンに贈ったのでしょう。ただ、なぜ中国が彼にそんな贈り物をするのかは、わかりませんな。中国がフランスと手を結ぼうという兆しもいまのところない。だが、時期を考えれば、そう説明するほかありません」

「彼らに孵化の時期がわかっていたとすれば、あの卵の運び方にも納得がいきます」

ローレンスは言った。「中国からフランスまで、ホーン岬を回って七か月あまり。フランスは、速力の出るフリゲート艦でなければ孵化するまでにフランスにたどり着けないと考え、小さな船を使う危険をあえて冒したのでしょう」

「ローレンス」エドワード卿がいかにも申し訳なさそうに言った。「わたしは、あなたに間違ったことを教えてしまった。どうか、わたしの無知をお許しください。セレスチャル種に関する記述をいくつか読んでいたし、その図録も見ていた。だが、冠翼と巻きひげが成熟の徴《しるし》だとは、ついぞ思いつかなかったのです。セレスチャル種の体型と翼の形は、インペリアル種とまったく同じですからなあ」

「そんな、許すも許さないも……。どうか、お気になさらないでください」ローレンスは言った。「テメレアの訓練には、なんの影響もありませんでした。結果として、実によい時期に、彼の能力を知ることができたと思います」テメレアを見あげてほほえみ、かたわらにあるなめらかな前足を撫でた。テメレアは同意のしるしに、うれしげに鼻を鳴らした。「きみは、セレスチャルだそうだ。なるほど、ナポレオンがきみを失ってどんなに悔しがったかは想像にかたくない」

「おそらく、ナポレオンの怒りは今後もおさまらないでしょう」エドワード卿が言う。

「さらにまずいのは、事の次第を知ったら、中国もわれわれに腹を立てるだろうということです。中国人はきわめて厄介《やっかい》です――皇帝の権威に関わることとなると、ことさらに。英国軍士官が彼らの宝を手に入れたと知ったら、ひどく憤るにちがいありません」

「フランスも中国もまったく関係ないよ」テメレアが気色《けしき》ばんで言った。「ぼくはもう殻のなかにいるわけじゃないんだ。ローレンスが皇帝じゃなくても、ぜんぜんかまわない。それにぼくたちは戦いでナポレオンを破った。やつは輸送艇に乗ったまま逃げ帰っていったんだ――皇帝ともあろうものがさ。とにかく、皇帝の称号がそんな大層なものだとはぼくには思えない」

「カリカリするなよ。中国に異議を唱える権利なんてないんだから」ローレンスは言った。「われわれがきみを奪ったのは、この戦争に中立の立場をとる中国の船からじゃない。フランス艦からだ。中国はただ、きみの卵をわれわれの敵に渡しただけだ。きみはつまり、正当な戦利品というわけだ」

「そう聞くと、うれしいですよ」エドワード卿は言ったが、いくぶん疑わしげではあった。「まあ、中国は文句をつけてくるかもしれませんがね。他国の法律など、彼らにはどこ吹く風。彼ら自身の信念と相いれない場合は、すっかり消えてなくなります。どうです、彼らがわれわれに敬意を払うなんて、考えられますか？」

「騒ぎ立てるかもしれませんね、もしかすると」ローレンスは曖昧に返事した。「中国の海軍はたいして強くはないとか。しかし、ドラゴンの繁殖術に関しては、相当なものだと聞いています。とりあえず、いまあなたと話したことをレントン空将に報告しましょう。中国と意見が対立した場合、どう対処すべきかは、彼のほうがよく心得ていますから」

突然、羽ばたきの音がしたかと思うと、地面に衝撃が伝わった。マクシムスが、さほど遠くない彼の宿営に戻ってきたのだ。木立を透かして赤と金色の体が見えた。ほかにも数頭の小型ドラゴンが頭上を横ぎり、それぞれのねぐらに帰っていった。舞踏会が終わったにちがいない。燃料の乏しくなったランタンの淡い明かりが、深夜に近いことを告げていた。

「旅から戻ったばかりでお疲れでしょう」ローレンスはエドワード卿を振り返って言った。「新しい情報を届けてくださって感謝します。お返しに、明日のディナーにご招待したいのですが、いかがでしょう？　こんな寒い場所にあなたを立たせておくのは申し訳ない。実は、あなたにお尋ねしたいことが、まだ山のようにあるのです。セレスチャル種についてご存じのことをもっと教えていただければうれしいのですが……」

「いいですとも、喜んで」エドワード卿は、ローレンスとテメレアに会釈した。「いや、けっこう。出口ならわかりますよ」ローレンスが道案内を申し出ると、彼は丁重に断った。「ロンドン育ちのわたしは、少年時代、ドラゴンに憧れて、このあたりをよくうろついたものです。わたしのほうがこの基地には詳しいかもしれませんね。あなたがここへ来て数日だとすれば」エドワード卿は、翌日の約束をすると、別れの挨拶をして去っていった。

その夜はキャプテン・ローランドが投宿している近場のホテルに泊まるつもりでいたローレンスだったが、いつのまにかテメレアと別れがたくなっていた。そこで、地上クルーが宿舎にしている以前の厩舎《きゅうしゃ》から古い毛布を一枚取ってきて、テメレアの前足のあいだにいくぶんほこりっぽい寝床をつくり、丸めた上着を枕代わりにして寝そべった。ジェーンには明日の朝、謝ろう。彼女ならわかってくれるだろう。

「ローレンス、中国ってどんなとこ?」お互いに体を休める体勢に落ちつくと、テメレアが眠たげな声で尋ねた。竜の翼が冬の冷気からローレンスを守っていた。

「行ったことがないな。東に行ったのは、インドまでだから」ローレンスは答えた。

「だけど、すばらしいところだろうな。なにしろ世界最古の国だ。ローマ帝国より古いんだ。そのうえ、中国のドラゴンは、世界でいちばん優れているそうだよ」そう付け加えて、テメレアの誇らしげな顔を見あげ、自分も満足に浸った。

「ねえ、行けるかもしれないね。戦争が終わったら。ぼくたちが勝利したら。いつか、仲間のセレスチャルに会えたらいいなあ」テメレアはしばし押し黙ってから、また言った。「だけど、ぼくをナポレオンのもとへ送ったというのはいただけないね。誰も、ぼくをあなたから引き離せない。そんなことは、ぜったいにさせない」

「きみの意見に同じ」ローレンスはほほえんで言った。中国が異議を唱えた場合、紛《ふん》糾《きゅう》するにちがいない複雑な事情については言葉を呑みこんだ。心の底では、テメレアのように単純明快に、まっすぐに物事を見つめたいと思っていた。テメレアに身を寄せ、低く規則正しく打ちつづける心臓の音に耳を傾ける。寄せては返す波のような鼓動に守られて、ローレンスはほどなく眠りに落ちた。

付録1　エドワード・ハウ卿のスケッチブックより

at London Covert,
November 1805
ロンドン基地にて　1805年11月
Pascal's
Blue
パスカルズ・ブルー
Longwing
ロングウィング
Celestial
天の使い《セレスチャル》

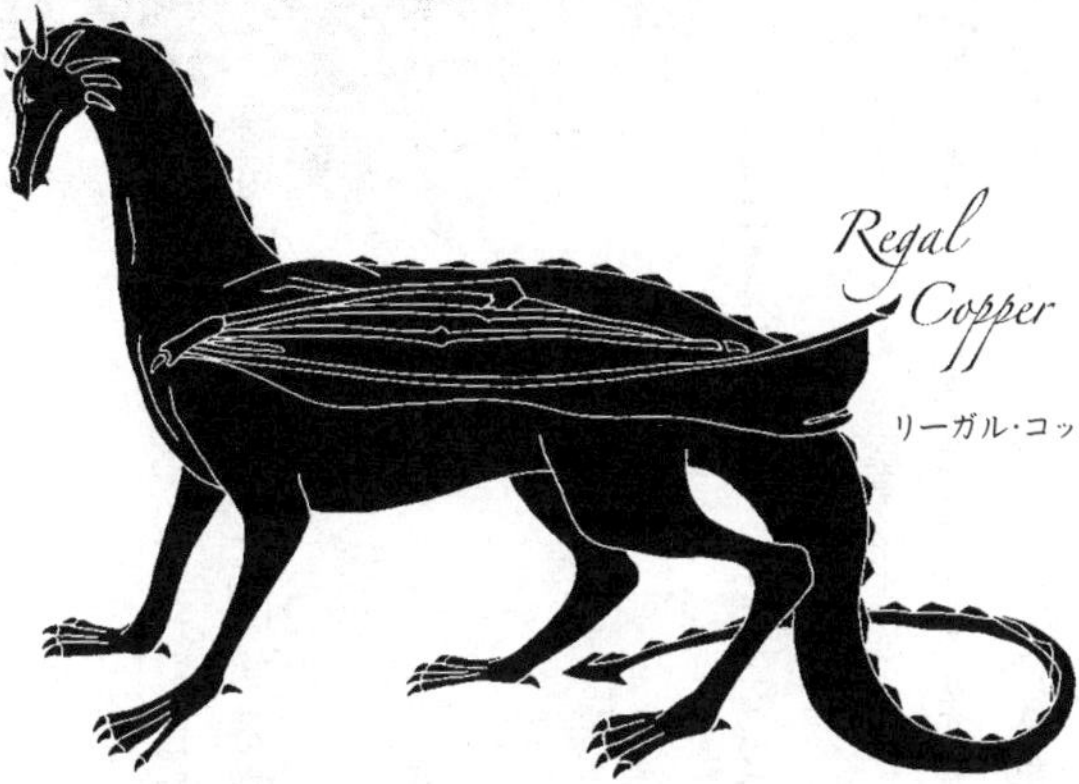

Regal Copper

リーガル・コッパー

Yellow Reaper and Crew

イエローリーパーとクルー

『ヨーロッパのドラゴン目《もく》に関する観察研究とオリエンタル種に関する覚え書き』より抄録

著者：ロンドン王立協会会員、エドワード・ハウ卿
発行元：ジョン・マレー社（ロンドン、アルベマール通り）
発行年：一七九六年

著者による序文――ドラゴンの体重の見積もりをめぐって

本書に記される多種多様なドラゴンの体重が従来の説とはあまりにもかけ離れた数値であることに関して、読者諸兄の多くは懐疑の念を抱かれるかもしれない。充分に成長したリーガル・コッパーの体重はおよそ十トンというのが、これまでの通説だった。然《しか》るに筆者は、それが甚《はなは》だ控えめな数値であり、実際には三十トン近い体重があ

ろうかと推測している。それどころか、リーガル・コッパー種のなかでもとりわけ大きな個体は、五十トンを下らない体重を有すると推算する。このような主張は、筆者があの巨体に圧倒されて、想像力を働かせすぎた結果であると、一笑に付されるのであろうか。

だとするなら、筆者は、フランスの博物学者キュヴィエ氏の最新の研究成果、ドラゴンに飛行能力をもたらす浮き袋に関する解剖学的考察について言及せねばなるまい。キュヴィエ氏は、その研究報告書のなかで、ドラゴンの浮き袋を満たすのは、我が英国の著名なる物理学者キャヴェンディッシュ卿によって発見された空気よりも軽い気体、すなわち水素であろうと推察し、これを踏まえて、ドラゴンの新たなる体重測定法を提案している。それは計測された数値に浮き袋の浮力によって減じられた体重分を加算するという方法であり、これによってはじめてドラゴンの体重と、かかる臓器を有しない他の陸上大型生物との比較が可能になる。

生けるドラゴンを目《ま》の当たりにしたことのない人々にとっては、想像しがたいことかもしれない。ことに大型種のドラゴンを見たことがないとなれば、懐疑的になるのはなおさらであろう。かく言う筆者は、一頭のリーガル・コッパーとインド象が同じ場所に並ぶのを見たことがある。巨大なインド象は体重およそ六トンと計測される。この大型動物をふた口で呑みこむドラゴンが、それの二倍程度の重さしかないとしたら、なんとも奇妙な話ではあるまいか。

エドワード・ハウ卿
一七九五年十二月

第五章より

イギリス諸島の在来種──一般的な種──大陸種との関連性──給餌《きゅうじ》による発育効果──リーガル・コッパーの遺伝的形質──毒液及び硫酸を噴くドラゴン

……イエロー・リーパーは、いたるところに見つかる普及性ゆえに、しばしば軽視されがちな傾向にある。しかし、その普及性こそ、彼等の優良性を示すものである。彼等はおおむね頑健で耐久力があり、食事を選り好みせず、極端な寒暖を除いて気温の変化に強く、総じて気性がよい。この優良性が、イギリス諸島に存在するほぼすべての血統に、イエロー・リーパーの血が交じっている所以《ゆえん》でもある。分類上は中型種とされるが、おおかたの種よりも種内における個体差が大きい。小さな個体で十トン、最近発見された最大の個体は十七トンもの体重があった。通常の体重は十二トンから十五トンで、体長は約五十フィート、均整のとれた翼は、翼幅がおよそ八十フィートになる。

彼等と血縁の濃いマラカイト・リーパーは、その色合いによって、容易に識別することができる。イエロー・リーパーが斑紋《はんもん》を有する黄色で、ときに脇腹や翼にトラのような白の縞《しま》が出現するのに対し、マラカイト・リーパーは暗い黄褐色で、淡いグリーンの斑紋を有する。アングロサクソン人の征服期を通して、北欧のリンドーム種とイエロー・リーパーの混血が自然な形で進み、現在のマラカイト・リーパーの原型が出来上がったものと考えられている。マラカイト・リーパーは、ことに冷涼な気候を好むため、スコットランド北東部で多く発見される。

グレー・ウィンドメーカーは、近頃はめったに見かけなくなったが、狩猟記録と蒐集された骨によって、かつてはイエロー・リーパーと同程度にイギリス諸島に棲息していたことがわかる。この種は非常に獰猛《どうもう》で家畜を襲う傾向があったため、狩猟の対象とされて、絶滅寸前まで個体数が減少した。ただし人里離れた山岳部、ことにスコットランドの山岳部には現在もごくわずかな棲息が認められ、種を絶やさぬように数頭が繁殖場で飼育されている。グレー・ウィンドメーカーは生来の攻撃性を持ち、体は小型で、体重が八トンを超すものは珍しい。地味な灰色の体色は、飛行のときの保護色となり、ウィンチェスター種と交配させた結果、性質が穏やかで灰色の体色をもつグレーリング種が誕生した。

フランスでごく一般的なドラゴン、ペシュール・クローネとペシュール・レイエは、リーパー種よりもグレー・ウィンドメーカーに近い。それは翼の形状、鎖骨と一体化した胸骨の構造から見ても明らかである。この解剖学的類似性が交配に有利に働き、両者の交配が進み、重戦闘よりも軽戦闘用・通信用のドラゴンが生み出された。……

（中略）

現在英国が保有する重戦闘竜のほとんどは、イギリス諸島在来種と大陸種との交配から生まれたものであり、純粋に我が国固有の大型種は存在しない。その主たる要因は、この国の気候にあろう。体重の重い大型ドラゴンは、温暖な気候を好む。気温が高いほどに浮き袋が効率よく働き、浮力によって重量を相殺する比率が高くなるためである。また、イギリス諸島は大型種を群れとして養っていけるほど広大ではないため、という説もある。ただし、この説になんらかの瑕疵《かし》があるとすれば、食事の量に限って言うなら、ドラゴンにはかなりの耐性があることが確認されているという点である。

野生ドラゴンが獲物を狩る頻度は、せいぜい二週間に一度というのが定説である。夏場には一日の大半の時間を眠って過ごすこともあり、それは夏場が、自然のなかで獲物がもっとも肥えふとる時期であることと関係がある。野生ドラゴンが、同じ種でありながら、日に一回かそれ以上、ことに成長期にはたっぷりと栄養を与えられて育つ繁殖場のドラゴンと比べて、大きさの点ではるかに及ばないことも、驚くには値しないであろう。

一例を挙げるなら、スペイン南部アルメリア地方は、山羊《やぎ》がごくわずかに棲息するだけの不毛の乾燥地帯であるが、我らがリーガル・コッパーの先祖、コーチャドール・レアル種はこの地をおもな棲息地としている。コーチャドール・レアルが人間のもとで育てられた場合は、戦闘に適した二十五トンの体重まで成長する。しかし野生の同種に十トンを超えるものは珍しく、十二トンを超えるものとなるとほとんど見つからない。……(中略)

リーガル・コッパーは、現在確認されている種のなかで、もっとも大きいと見なされている。成長した同種の体重はおよそ五十トン、体長は百二十フィート。体色は鮮やかで、赤っぽいものから黄色っぽいものまで個体によってさまざまである。雄は、雌に比べて、おおむねわずかに体が小さく、第二次性徴として額に複数の角が発達する。雌雄ともに背中に鋭い突起が連なり、斬りこみ隊を送りこんでくる敵にとってはこの突起が危険な障害物となる。

リーガル・コッパーが、英国の繁殖家たちの十世代にも渡るたゆまぬ努力と、細心の注意を払った交配の賜物《たまもの》であることは間違いない。また同時に、種の組み合わせによって、原種の特長を超えた、想定外の優れた特質があらわれるひとつの例であるとも言えよう。十三世紀、カスティリアのエレアノールがエドワード一世との結婚に際して英国に持ちこんだスペイン産コーチャドール・レアル種の雄ドラゴン、〝偉大なる種竜〃ことコンキスタドールと、小型のブライト・コッパーの雌を掛け合わせることを最初に思いついたのは、我が英国の誇る哲学者ロジャー・ベーコンであった。しかし、ベーコンのこの提案は、体色こそが絶大な交配効果を示唆《しさ》する要素であるという当時の誤解に基づいていた。すなわち、ブライト・コッパーとコンキスタドールが共にオレンジの体色を有することが両者の適合の徴《しる》しと見なされたわけである。しかし誤解から出発したとはいえ、この交配は、並外れて大きな雄よりもさらに大きく、なおかつ長距離の飛行にも耐えうる子孫という大いなる実りをもたらした。

グラスゴーのジョサイア・コフーン氏は、ブライト・コッパーの骨格には不釣り合いな浮き袋の大きさこそが、この交配を成功させた鍵であり、現在のリーガル・コッパーはこの雌の先祖の特質を受け継いでいると考察している。また、キュヴィエ氏の解剖学的研究によれば、リーガル・コッパーの巨体は、もしあの精妙なる骨格で支えられていなければ、肺に取り込んだ空気をその重みによって押し出してしまうであろうと指摘している。……（中略）

フランスのフラム・ド・グロワール、スペインのフレッチャ・デル・フエーゴなど、英国海軍に大打撃を与えてきたドラゴンたちが有する最も価値ある能力を発現させるべく、多くの繁殖家たちが奮闘してきたにもかかわらず、我が英国に火を噴くドラゴンはいまだ存在しない。とはいえ、在来種のシャープ・スピッターは、敵を無能力化する毒を噴くドラゴンとして注目に値する。この種自体は戦闘ドラゴンとするにはあまりにも小さく、飛行能力も低いのだが、フランスのオヌール・ドール、ロシアのアイロン・ウィングなど、他の毒を噴くドラゴンと掛け合わせることで、優れた飛行能力を有し、大きさは中型で、毒も強化された、いくつかの優良交配種を生み出すことができた。

それらを使ってさらに交配を進め、ヘンリー七世の治世に、ある到達点を見た交配種が誕生し、ロングウィングと命名された。この種において毒液は著しく強化され、正式に酸と呼べるものとなり、その威力は敵のドラゴンのみならず地上にある標的にまで及ぶようになった。目下、酸を噴くドラゴンとして認知されているのは、このロングウィングのほかにインカ種のコパカチ、日本のカリュウの二種しかいない。

しかし、惜しむらくは、ロングウィングはその名の由来ともなった体型ゆえに、戦場において認知されやすく、敵がなかなか近づいてこないという難点をもつ。体長六十フィートにして百二十フィートの翼幅は、かなり特異であると言えよう。また翼がオレンジからブルーへと段階的に変化し、翼端が鮮やかな黒と白の縞という体色もかなり目立つ。眼はシャープ・スピッターから受け継いだイエロー・オレンジで、視力も非常によい。だが当初、ロングウィングは御《ぎょ》しがたい種であると見なされていた。また、その破壊力を考慮すれば、ハーネスを装着しない状態で野生化させるのは甚だ危険でもあった。しかし、エリザベス一世時代に、ハーネスの装着に関する新たなる手法が開発され、ロングウィングの大半が担い手にゆだねられるようになった。その結果、スペインの無敵艦隊との戦役において、ロングウィングは我が英国の勝利に大いに貢献したのである。……（中略）

第十七章より――

オリエンタル種とヨーロッパ種の比較――オリエンタル種の起源――中国及び日本の帝国における在来種――インペリアル種を特徴づけるもの――セレスチャルに関する見解

インペリアル種の繁殖法は、国家の宝のように、極めて慎重に守られている。限られた血族によって口承だけで語り継がれるか、もしくは厳重に暗号化された文書によって伝えられていると言われる。それらは西洋世界においては、ほとんど知られていない。それどころか、これらの種に関しては、中国内においても宮廷の外に洩れることはありえないのではないかと思われる。

旅行者による短期間の観察からでは、不完全な断片しか伝わってこない。インペリアル種とセレスチャル種はかぎ爪の数によって区別されると言われる。他のドラゴンが四本であるのに比して、セレスチャルは五本のかぎ爪をもつ。同様に、翼を形成する骨の数も、ヨーロッパ種が一般的に五本であるのに対し、セレスチャルは六本を有する。東洋において、これらの種は非常に高い知性を備え、ドラゴンが成長期初期に失うと言われる顕著な記憶力と言語能力を成長してもなお維持しつづけるという。

この主張の信憑《しんぴょう》性については、近年に一件のみであるが、フランスのペルーズ伯爵が朝鮮の宮廷においてインペリアル種のドラゴンと出会ったときの信頼にたる証言がある。朝鮮は中国と近しい関係にあり、しばしば特権的にインペリアル種の卵を中国宮廷より譲り受けている。近年、朝鮮の宮廷に初めて入ったこのフランス人は、彼自身の母国語を教えることを求められたという。ペルーズ伯爵の証言によれば、すでに成長したドラゴンがおよそ一か月後、彼が宮廷から去るときには、流暢《りゅうちょう》なフランス語を操るようになっており、秀でた言語学者すら舌を巻くような上達ぶりであったという。……（中略）

セレスチャルとインペリアルが血統的に近い関係にあることは、西洋でも入手できる、この二種に関する図説から推察される。しかし、それ以外のことはほとんどわかっていない。〝神の風〟は最も神秘に包まれたドラゴンの能力であり、我々はただ風聞によって知るのみである。伝わるところによれば、セレスチャルは地震を起こし、嵐を呼び、街ひとつを根こそぎ破壊する力さえ備えているという。それは誇張された表現なのだろうか。東洋の国々では、ドラゴンのこの破壊的な能力が人々の畏怖《いふ》の対象となっていることを鑑《かんが》みれば、いたずらに可能性を却下する態度は戒めねばならない。

謝辞

なによりもまず、『テメレア戦記1　気高き王家の翼』が完成する前に本稿を読み通してくれたみなさんに感謝を捧げたい。執筆意欲を掻きたてる熱心な読者であったばかりか、たくさんのすばらしい助言を与えてくれたホリー・ベントン、ダナ・デュポン、ドリス・イーガン、ダイアナ・フォックス、ローラ・カニズ、シェリー・ミッチェル、L・サロム、ミコール・サドバーグ、レベッカ・タシュネットに感謝を。とにかく書きはじめなさいと言ってくれたフランチェスカ・コッパ、〈ライブジャーナル〉を介していっしょにタイトルを考えてくれたセーラ・ローゼンバームをはじめとするみなさんにも感謝を捧げる。

すばらしいエージェントであり友人でもあるシンシア・マンソンの助力を得られて幸運だった。ふたりの敏腕編集者、〈デルレイ〉のベッツィー・ミッチェルと〈ハーパーコリンズUK〉のジェーン・ジョンソンからアドバイスを受けたことも。

その他多くの友人や読者がわたしを励まし、助言しつづけ、タイトルへのヒントから時代考証まで、すべてにわたって力を貸してくれた。ここにお名前をすべて記すことはできないが、みなさんに心より感謝を伝えたい。わたしの調査のために尽力してくださった方々にもお礼を申しあげたい。ロンドンは〈ジョン・ソーン博物館〉のスーザン・パーマー、エジンバラのジョージアンハウスの街並みを案内してくれたフィオーナ・マレーとボランティア・スタッフ、ダブリン〈メリオン・ホテル〉のヘレン・ローシュ。

そして、わたしの母と父とソニアに、ありったけの愛と感謝を。最後になったが、とてもだいじなこと――この本を夫のチャールズに捧げたい。彼は言葉には言いあらわせないほどたくさんのものをわたしにくれた。その筆頭にして最良のもの、それは喜びである。

文庫新版 訳者あとがき

十九世紀初頭、ナポレオン戦争の時代に、もしドラゴン軍団が存在し、苛烈《かれつ》な空中戦を展開していたら、世界の歴史はどうなっていただろう？「テメレア戦記」(The Temeraire) シリーズは、そんな斬新《ざんしん》な着想から生まれ、地球上のいたるところで多種多様なドラゴンが人間と共生するパラレル・ワールドを、みごとにつくりあげた。本作『テメレア戦記１ 気高き王家の翼』(His Majesty's Dragon) 上下巻は、その全九話からなる壮大な歴史改変ファンタジーの第一話にあたる。

本国アメリカでは、二〇〇六年三月に初版が刊行された。ドラゴン好き、歴史好きから海洋冒険小説ファンまで幅広い読者層に歓迎され、スティーヴン・キングやアン・マキャフリイなど、エンターテインメント小説界の大御所たちからも高い評価を得た。翌月には第二話『翡翠《ひすい》の玉座』(Throne of Jade)、その翌月には第三話『黒雲の彼方《かなた》へ』(Black Powder War) が刊行され、一年たらずでベストセラー・シリーズの仲間入りを果たした。本作はローカス賞〔第一長編部門賞〕を受賞し、惜しくも受賞は逃したがヒューゴー賞の最終候補作に選ばれ、著者ナオミ・ノヴィクに、ジョン・W・キャンベル新人賞（現アスタウンディング新人賞）とコンプトン・クルック新人賞をもたらした。

物語は一八〇五年、ヨーロッパの陸と海と空を舞台に幕をあける。フランス皇帝を名のり、強大な権力と軍事力を握ったナポレオンが、大陸の覇権を狙いつつ、最大敵国である英国に侵攻するチャンスをうかがっている。フランスのトゥーロン港にはヴィルヌーヴ提督の艦隊が控え、これをネルソン提督率いる英国艦隊が海上封鎖でかろうじて押さえこんでいる。ここまでは、ほぼ史実どおりの展開だ。しかしこのパラレル・ワールドにおいては、ドラゴンという空の戦力が大きく関わってくる。ドラゴンの飛行法にも品種改良技術にも長じているが、ドラゴンの数が不足している英国。対して、繁殖技術に優《すぐ》れ、重戦闘竜の保有数で圧倒するフランス。英国は、地中海方面にドラゴン戦隊を差し向ければ、ネルソン艦隊を援護してフランス艦隊を叩きつぶせるかもしれない。だがそれでは、イギリス海峡の守りが手薄になる。そういった逼《ひっ》迫《ぱく》した戦況のなかで、英国艦リライアント号が一隻のフランス艦を拿捕《だほ》し、孵化《ふか》が迫った一個のドラゴンの卵が英国の手に落ちた。

竜の子は、生まれて初めて肉を与えた人間と〝終生の契《ちぎ》り〟を結ぶ。相手を選びとるのはドラゴンのほうだ。そして洋上で卵から孵《かえ》った竜の子が、みずからを託す〝担《にな》い手〟として選びとったのは、よりにもよって艦長のウィリアム・ローレンスだった。まさに運命の矢に射抜かれたローレンスは、竜の子にテメレアという名を授け、艦長の地位を捨てて航空隊に転属する。こうしてイギリス海峡の守りを固めるドラゴン戦隊に加わるために、秘密基地において過酷な訓練がはじまるのだが……。

本国アメリカの書評では、同じくナポレオン戦争時代を舞台にしたパトリック・オブライエンの海洋冒険小説「オーブリー&マチュリン」シリーズや、竜と人の絆を描くSF文学の金字塔、アン・マキャフリイの「パーンの竜騎士」シリーズが引き合いに出されることが多かった。両者の奇跡のような出会いだという評もあった。確かに、そういった古典的名作に親しんできた読み手にとって、本シリーズは特別な魅力を放っている。一方で、主人公のテメレアが、ストーリーが進むほどに唯一無二のキャラクターとして輝きを増して、より多くの読者を取りこんでいったことも確かである。きかん気な少年のようでいて、繊細な乙女《おとめ》の心も併《あわ》せ持ち、たぐいまれな知性と戦闘能力を備えたテメレアは、生まれながらに自由な精神の持ち主でもあり、階級社会のなかで規律を重んじながら生きてきたローレンスをあわてふためかせ、ときには窮地に追いつめる。しかし、〝終生の契り〟が揺らぐことはない。無償の愛を捧げつづけるドラゴンの献身はいじらしく切なくもあるのだが、恋人、親友、親子、戦友、といった人間どうしの関係には置き換えられない、人と竜の特別な結びつきに心をつかまれる読者は少なくないだろう。

ナオミ・ノヴィクは、一九七三年、ニューヨークでポーランド移民の二世として生まれた。家庭ではポーランド語が日常的に使われ、子守歌や民話もポーランド語で聞いて育ったという。ジェーン・オースティンやル＝グウィン、トールキンなどの作家に親しみ、とりわけファンタジーとSF小説をむさぼり読んだ。子ども時代のお気に入りは、オースン・スコット・カード『エンダーのゲーム』とフランク・ハーバート『デューン 砂の惑星』。ブラウン大学で英文学を学んだのち、コンピュータ会社に勤め、その後コロンビア大学でコンピュータを学び直し、パソコン・ゲームの開発に携わるようになった。二〇〇三年春、もっと自由に創作できる世界を求めて、小説を書きはじめる。これが〈テメレア戦記〉第一話として実を結んだ。

また、「テメレア戦記」シリーズと平行して、魔法使いの少女とすべてを奪いつくす〈森〉との戦いを描く『ドラゴンの塔』(Uprooted) を刊行、シリーズ完結後には、三人の娘たちが三者三様の力と技を駆使して魔物に挑む『銀をつむぐ者』(Spinning Silver) を書きあげ、同作でネビュラ賞を得た。その後は新しい三部作『闇の魔法学校』(A Deadly Education) の執筆を開始する。ノヴィク作品には珍しく現代を舞台にとり、〈スコロマンス〉という名の虚空の闇に浮かぶ魔法学校で、若者たちが魔法修行と過酷なサバイバルに挑む姿を描いている。いまの時代にふさわしい主人公の少女、アンチ・ヒロイン的なガラドリエルの魅力が、ノヴィクの新しいファンをとくに若い層に増やしている。

「テメレア戦記」シリーズは、原書版は二〇一六年に第九話 (League of Dragons) をもって完結したが、日本語版は第六話『大海蛇の舌』(Tongues of Serpents) のあとは刊行が途絶え、残る三話が未訳のままになっていた。どうしてしまったのか、というお問い合わせをたくさんいただいた。しかし、原著の版権取得という訳出以前の手続きがすまないことには、一介の訳者として、心苦しいけれども、できることにはかぎりがあった。ただ、こんなにおもしろい「テメレア戦記」なのだから、いつかかならずつづきを読者にお届けしたいという気持ちは(全話のあらすじと読みどころをまとめた企画書とともに)あきらめずに持ちつづけていた。そしてこのたびようやく、残りの第七話から九話までが静山社から出版されることになった。文庫版が第六話まで刊行されたあと、未訳の三話を単行本として二〇二二年十二月から順次お届けできる予定です。ほんとうに長くお待たせしました。いえ、まだ少しお待たせすることになりますが、どうか、楽しみにお待ちください。

今回の文庫化にあたって、旧版を原書と照らし合わせて読み返し、訳出の至らなかったところや読みづらいところに手を入れた。いちばん大きな変更は、ローレンスが海軍から転属することになる Aerial Corps を、旧版では「空軍」と訳していたが、新版では「航空隊」としたことだ。英国のドラゴン軍団は海軍の指揮下にあり、それが今後さまざまな形でローレンスたちを翻弄する。英国特有の指揮系統を明確にするためにも、「海軍」と並列的ではない訳語のほうがふさわしいと考えた。シリーズが完結し、物語全体をながめわたしたうえで調整を加えた点もある。どうかご了承いただきたい。

また旧版の「訳者あとがき」には、シリーズ開始早々に『ロード・オブ・ザ・リング』のピーター・ジャクソン監督が映画化権を取得したことを記した。残念ながら、連続ドラマ化やアニメ化などの案はあったが、諸般の事情が重なって日の目は見ず、二〇一六年、ノヴィク自身がファン向けの交流サイトで、ジャクソン監督の映画化権が期間を満了し、権利がふたたび著者自身に戻ったことを明かしている。「いろいろ考えているところですが、まだお知らせできるようなことはありません」とのこと。これもお問い合わせの多かったことなので書き添えておきたい。そして朗報を待ちたい。

最後になりますが、ほんとうに長いあいだ「テメレア戦記」のファンでいてくださった方々へ――。復刊と続刊を求める皆さまの熱い声なくして、本シリーズの復活はありえませんでした。そのお気持ちとお声に心から感謝を捧げます。この素晴らしい作品の訳出に関われて、ほんとうに幸せに思っています。読者の「テメレア戦記」への思いを受けとめ、こうして道を拓いてくださった小宮山民人さんをはじめ静山社の方々にも深く感謝いたします。

そしてこの文庫版によって「テメレア戦記」とはじめて出会うことになった方々には、テメレアやローレンスやその仲間たちと世界の空を駆けめぐる冒険の旅を、これからも楽しんでいただけることを願ってやみません。

つぎはアフリカを経由して東洋に向かいます。どうか、お楽しみに！

二〇二一年一〇月

那波かおり

本書は二〇〇七年十二月　ヴィレッジブックスから刊行された「テメレア戦記1　気高き王家の翼」を改訳し、二分冊にした2です。

テメレア戦記1
気高き王家の翼　下
2021年12月7日　第1刷

作者　ナオミ・ノヴィク
訳者　那波かおり

発行者　松岡佑子
発行所　株式会社静山社
〒102-0073 東京都千代田区九段北1-15-15
電話・営業 03-5210-7221
https://www.sayzansha.com
ブックデザイン　藤田知子
組版　アジュール
印刷・製本　中央精版印刷株式会社

ISBN978-4-86389-641-3